U0603985

守身如執玉

種德勝遺金

二〇二一年三月

平生書時年九十

小阅读

广西师范大学出版社

·桂林·

平生记

饶平如 著

自畫像

目录

第三章 我的劳动大学

饶平如生平大事记 ————————————

一九二二年　饶平如出生于江西南城

一九三〇年　八岁，举家迁往南昌

一九三五年　十三岁，初识美棠

我的家世簡表

二〇一三年九月平如謹製 [印]

（始祖）一蘷（小癡）

（長子）嵋生（學波）　（次子）松生

松生一系

士騰→（暑）
同治十二年（一八七三）中舉人，光緒十五年（一八八九）中進士点翰林散館授編修，一八九三年客死京都。

士超→（暑）
一八九一年中華人

嵋生一系

士顥→（暑）
一八九一年中舉人（一八九四年）中進士任陝西林院編修四川道監察御史湖北省正主考（宋）赴任一九一二年卒。

士端→（暑）
一八九二年中舉人，一八九八年中進士点翰林官翰林院編修四川鳳翔知縣客死鳳翔。

士瀛→芝祥（符九）
清光緒二十年（一八九四年）中進士点翰林官翰林院編修四川道監察御史湖北省正主考（宋）赴任一九一二年卒。

元配：陳氏
繼室：楊元珈

孝謙（一八八七～一九五六）
北京國立法政大學堂畢業，終生執行律師業務，曾任南城縣啟南小學校長，商會會長，抗戰期間任南城縣抗敵後援會會長勝利後任江西省省參議員。

（女）靜昭（暑）

孝謙子女

（長子）國安（慶曾）　真黃玖華
兆拯（暴如）
（繼曾）國定
（紹曾）國寶
（顯曾）國宣
（敬曾）國宗
（女）韻琴

（次子）國寶（申曾）
國憲
（樂曾）
妻毛美棠
兆楊（平如）
（順曾）國寬
（女）韻鴻

（三子）壽如（陸曾）
國家
妻崔麗珍
兆掄
（女）韻蘇
（女）韻玲
（女）韻康
（陸曾）國家
（女）韻蘭

（長女）舜華（永如）夫朱文傑
（次女）月華（定如）夫羅鏡明
文翰芬

附註：

我饒氏家譜因受戰局影響散失殆盡，先祖小癡公以前歷代祖先資料已不可考，現暫且以小癡公為始祖編排。

（摘自《江西省南城縣饒氏家族備忘錄》一九九二年版）

第一章
散落的家谱

我的家世简表

在我初中的时候，约在一九三六年或一九三七年间，父亲曾拿出一部《饶氏家谱》给我看。那是一部新修的家谱，约有五六册之多，每册厚度约两公分[1]，用深蓝色而且略带光泽的布料作为封面。

根据习俗，家谱每隔若干年应增补一次，道理很简单，家族人口在不断地繁衍，不增补就不能适应新的情况了。可惜，不久就爆发了日寇侵华战争，父亲率领着一家人逃难。南昌沦陷后，我家逃到南城。一九四一年南城沦陷，我家逃到广昌。之后，中国军队攻克南城，我们又迁回南城。一九四五年抗日战争胜利，我们再回南昌……如此颠沛流离，几经波折，保住性命已属万幸，哪里还顾得上许多家当和典籍？这部新修的家谱自然也消失了。

直到二十世纪九十年代，我有位堂叔自台湾回大陆探亲。他做了一件好事：出资编印了一本《江西省南城县饶氏家族备忘录》，我才据此画成了一张"我的家世简表"。

除了这本备忘录，家族的往事、先人的传略，如今都散落在地方县志和后辈们的回忆里。而我这本回忆本子所要做的，头一件就是把这些遗失在战乱中的家族回忆重新寻回来。

茫茫宇宙，浩浩乾坤。父母双亲，兄嫂姐弟。时间张开黑洞一般的大口，把我家族中的长辈和平辈，把我的爱人挚友又或者一时为伴的故旧一一吞吃进去。如今的我独行在这张大口之外，赶在未来之前，想要把这些还存留在我记忆中的往事，奋力摹写下来，以作为对他们所有人的纪念。

---

1. 厘米的旧称。

傭翁日记

我的父亲名孝谦，字冲孟，也称通孟。他的生日是农历八月十三日，故小名"桂郎"。晚年，他写诗，作日记，自号"傭翁"。他的日记也叫"傭翁日记"，他曾授我一册作为纪念，可惜的是，历经颠沛流离，日记早已丢失。

我所知道的父亲早年简历是，他毕业于北京国立法政大学堂，曾任南城县商会的会长、南城启南小学的校长，还在湖北省的禁烟局里做过职员。不过我当时年龄尚小，所以对他这些经历毫无印象。

在一九三八年间，我家因避日机轰炸迁到故乡南城老家"倚松山房"居住。在他的卧室兼书房里，悬挂着他一幅十六寸的年

父亲青年时代的照片

轻时的半身照片。照片的轮廓呈椭圆形，父亲身着西装，头发也是三七分的"西装头"（旧时对西式发型的称呼），神采奕奕，年龄看起来是二十五六岁的样子。大哥告诉我，父亲年轻时曾想赴日本留学。那个年代的青年意识到中国贫弱，要挽救祖国，须向欧美等西方国家学习，日本就是这样强盛起来的。所以，当时的青年有的远渡重洋留学欧美，也有的就近到日本留学。到日本的轮船票据说只需六十元大洋，而且手续简单，并不要办签证，也没有什么叫护照的东西，人坐船去了，上岸就行。

后来，我在南昌家里楼上堆放旧书报的地方，也发现过好几本学习初级日语的教材，看来父亲确是把此事列入日程……可后

自我国唐代以来日本一直汲取中华文化,但在
"明治维新"后,它改向欧美国家学习了

来为何没有去成呢？大哥说，还是因为父亲是独子，他只有一个妹妹，没有其他兄弟。"父母在，不远游"，祖父去世虽早，祖母还在，他一个独养儿子，怎么可以离开年迈的母亲去远游呢？

　　父亲在湖北省汉口市做过禁烟局的职员。那时我的年龄大概是六七岁，记忆甚是模糊，唯有一幕场景，我仍印象深刻。
　　当时的汉口也有里弄房屋，不过结构比上海的里弄简单些。我依稀记得，那里家家户户大门之外即一条笔直宽敞的公用通道。

房屋大门一打开，里面即房间，没有院子，房间大约二十余平方，有楼，楼上一般设置为卧室。记得里弄进门右首第一家是我家。家里楼下房间放一张简单的木制方桌，几把椅子，如斯而已。

某日，我不知何故忽然飞奔出外玩耍，恰在此时，有一辆黑色的私人黄包车正好经过我家大门口，我避让不及，头直接撞上车轮。幸好，车轮撞击在了我两眼之间的鼻梁上，血流如注……

我的脸正撞在黄包车的车轴突出部

以后是否去了医院？事故责任如何认定和处理？我一概忘了。

只留下一幕印象：楼下那张小方桌上，那阵子就一直摆上了一个白色浅边的搪瓷盘子，里面盛上了许多棉花球。父亲天天用这些棉花球为我擦洗伤口，过了相当长的一段时间我才痊愈。可在这段往事的回忆里，我似乎没有看到过母亲，也没有见过家里其他人。难道当年父亲是单身一人领着我来到汉口？这似乎与情理不合，也许是我自己记忆不清……

我颇有些懊恼，在懂事之后，为什么不问一下母亲这次事故的详细经过，以致到现在我也说不清楚这件事。而这些往事，一旦从人的记忆里迷失，就再也无处寻踪了。

这件事现在留下的唯一痕迹是，虽然年逾九十五岁，在我的鼻梁上，靠近一点仔细地瞧看，还有一个浅浅的印痕。

我对父亲的生活和工作有较为明确的记忆，大约要到八九岁时全家迁居到南昌陈家桥十八号以后（一九二九年至一九三六年）。这段时间社会相对来说比较安定，老百姓也勉可算是安居乐业，我认为这是父亲一生中最为得意、生活也颇为快乐的时期。

陈家桥这个地区虽然周边杂乱，近乎贫民集聚区的样子，但当时这幢房屋系我们一家单独租住，故而尚属宽适。这幢房屋顶上还加盖了一层楼，全是木结构。加盖的这层楼较为低矮，不住人，用来堆放杂物，此外还设了一间佛堂。佛堂供奉着玉皇大帝、观音菩萨等神仙之像。房中终年香烟缭绕，异香满室。因为父母都信佛教，他们平时在楼下念经，到了特殊节日如玉皇大帝或观音菩萨的生日之时，则必须上楼到佛堂去焚香礼拜，下跪磕头，以示虔诚并祈求神佛保佑。

父亲一般早上七八点钟起身，盥洗在卧室中进行。室中有洗脸盆架。当时并无自来水设备，在厨房里放有一个大水缸，大师傅老放每日下午用水桶到外面水井中汲水挑回家，把家中水缸盛满。我估计饮水和用水是不分的。洗脸时由女佣负责去缸中打水，供盥洗之用。

我们早餐吃粥，下粥的菜多半是昨日剩下的红烧鱼或别的菜肴，从来不会到市面上去买什么油条、花生米之类的食物。吃粥的人也不限时间，随到随吃，来去自由，不采取"集中用餐制"。一般来说，父亲和我以及三弟寿如在一起吃粥的时候较多。大哥、大嫂们为一批。母亲晚一点到，她总是喜欢吃云南的大头菜下粥。祖母更晚，她吃的菜是专为她的喜爱而特制的——类似"霉干菜"，江西人称为"Nô"菜，拌以肉糜，做成肉丸，味要偏咸，再以油炸之，方成。这菜给祖母专门享用，我们不敢去尝试的。

父亲早餐后便到他的办公室去做他的工作——写状子。

父亲的办公室有一大书桌、一张藤座椅。桌上摆着笔筒、墨盒和一部供参考的《六法全书》，书桌对面是客户坐的藤躺椅。书桌左侧是一个窄而高、设有数十个小抽斗的文件橱。来客需要

2016.9.14. 平安

父亲的律师办公室

法律帮助时，便在此室内洽谈。我还知道父亲书桌左下的一个抽屉里，常年备有一筒"白金龙"牌香烟，南洋兄弟烟草公司产品，为当时名牌香烟。烟筒系马口铁制成，一筒有五十支烟，以薄薄的铁片封口，筒身饰一条白身金纹的龙。烟草呈金黄色，有异香。这烟父亲自己不抽，是为客户们准备的。他自己只抽水烟。

我躲在楼上偷吸香烟

　　我十四五岁时，实在好奇不过，终于一日下午，趁父亲外出，摸到父亲书房，找到烟筒，抽出一支。恐怕给人发现，我提前自备火柴，跑上二楼。楼上平常是没有人的。我一面从楼门处窥察楼下的动静，一面从口袋中取出香烟，仿效成人，用双唇将香烟夹住，一面擦燃火柴，将香烟一端点燃，用力一吸。哪里知道，一股浓烈的气体直冲咽喉，呛得要命，哪里有一点香味，简直就是自讨苦吃。我赶紧将香烟用脚踩灭，溜下楼来，佯作无事之状。自那之后再也不敢尝试此物了。

父亲写状子用长约三十五公分、宽约二十公分的毛边纸打草稿。他用毛笔写行书，写完再请人誊写。这是他绞尽脑汁的时刻，总要字斟句酌，不能疏忽大意。有的时候，午饭已经上桌，菜肴摆放齐全，众人已经就座，而父亲还在书房里写状子。此时，母亲便命我到书房去请父亲来吃饭。我走进书房，见父亲正在伏案疾书，便轻轻地喊一声："爷爷（南城人方言，"爷爷"指父亲，"公公"则指祖父）！吃饭啦！"父亲"唔"了一声，不久，就出来和我们同桌吃饭。

有的时候，因为好奇，我会在父亲走出书房之后，往桌上的状子看一眼，想知道他到底写了些什么。

只见第一句写的是"呈为呈请事……"几个字，我认得，以下的就看不懂了，而且又有涂改之处，更难辨识。

父亲写好状子，便交给书记员去誊抄。家里书记员换了好几个。据我回忆所及，第一位是余仲阳，我称他"余仲叔"的，可能他与我家还有点亲戚关系。第二位姓梅，不知其名，瘦小个子，经常面露微笑之色，很好玩。他经常要我讲故事给他听，当我讲《西游记》中某段时他又指出我看书时的白字，弄得我下不了台，很是难为情。例如，我不认得"齋"（斋）字，"吃齋"说成"吃齐"（吃齐），他就哈哈大笑。第三位姓何，名鹤鸣，人长得很高大，不知何人所荐。由于此人言语举止有些轻浮，父亲很不喜欢，所以不到一年便辞退了他。第四位叫吴士铨，他是父亲的友人吴山比老先生的长子，为人极其老实，字也写得笨拙一些，勉强过得去而已，办事也不甚精到。某次、某场官司，法院送来律师出庭的"传票"，竟给他丢失了。没有传票怎么去出庭？父亲也无可奈何，我当时还记得父亲叹了口气，说："没有办法，这回只好去卖卖我的老面皮了！"意即自己要到法院去打招呼，请人想办法弥补这个缺失，去补发一张传票。

一九三七年七月抗战爆发，父亲率全家离开南昌，律师业务自然停止。直到一九四八年我回到南昌时，父亲只租用了原来陈家桥房屋的三分之一，其时的书记员名赵椿林，也是我家最后一位书记员。因为战乱，生意寥寥，无事可为，后来赵椿林便和我一伙，在我的切面店帮忙了，这在我写的另一本书《平如美棠》一书中业已记叙。

说回二十世纪三十年代，父亲律师业务兴旺之时，书记员的办公场所就设在下厅左面一间书房，也摆一套书桌椅，后面还有一张帆布折叠行军床，书记员即住宿在此处。书记员吃饭与我们同桌。待遇是每月四元大洋。这属于基本工资，主要收入要靠打赢官司的钱。例如，官司打赢了，客户送律师的酬金（或者名之

父亲把客户的赠匾挂在后房墙上

曰"服务费")是两百元大洋，照例还须送十分之一的劳务费即二十元给书记员。

父亲曾告诉我，他从不承接刑事方面的诉讼，而只承接经济方面的如债务纠纷或财产分割纠纷，至于所谓离婚诉讼，那时极为罕有，可以说是接近为零。因为当时的民风民俗，相当守旧，就是夫妻分离也只是双方私了，不会来找律师的。父亲还有一个原则，如果来的客户是理亏的一方，他也婉言谢绝。他说他不能把无理的事辩护成有理而打赢官司。父亲还有第三个"原则"，他希望客户送的报酬是现金而不是匾额。这大概是针对他一位好友而说的戏言。父亲的一位友人，广益昌的老板曹朗初，找父亲打过官司之后，曾送过父亲一幅匾额，中间写了四个楷书大字：保障民权。

父亲把它悬挂在我和弟弟卧室的北墙上，位于这栋房屋最深最后一堵墙上，目的就是不给人看见。他笑着对我们说："如果让人看见了，群起而效尤，都送匾额的话，那我们靠什么吃饭呀！"当然，曹朗初并不是只送匾额一件礼物就充了诉讼费用，但父亲的担心却也不是多余的，大概客户各人有自己的取舍之道，这是捉摸不准的。

父亲吃过午饭之后，便坐上一辆五百大洋从上海买来的黑色黄包车。家里的车夫名叫荣发，为人木讷诚实，中等身材，由他拉着，直奔江西大旅社而去。这个下午便是父亲和其他工商法律界好友们聚会的时间。原来，他们在江西大旅社长期包了一个房间，大概犹如今日之俱乐部吧。或交流业务经验，或介绍业务商机，同时也放松一下身心。大家谈论、闲聊、饮茶、打麻将，最后是一桌酒席……我记得，总是要到晚上九十点钟时分，父亲满脸红光、带着八九分醉意，回到母亲房中。我和弟弟看到醉酒的父亲，心里都有点怕，不敢到前房去，每次要等母亲喊我们才过去。父亲常常带回几只香蕉，有时是苹果，猜想是酒席之后的果品，父亲随手取几只带回来给我们小孩吃的。

又有一次，某日午饭前，父亲面容严肃地对母亲说："今天我到大旅社去有事。""什么事？"母亲问。父亲说："吃完饭再告诉你吧。"于是，母亲心神不定地吃完了饭，急着问："什么事？"父亲才说："我们存放在崧大里的三千元钱给倒掉了！"

所谓"倒"，乃南城方言，犹言打了水漂。母亲一听，"哇啦"一声便泪流满面，痛哭起来。三千块大洋啊！好不容易积攒下来的钱，也许还包括我们小孩三人收到的压岁钱呢，就这么化为乌有了！

父亲说："所以我才叫你先吃完饭再听我说呀，否则你饭也吃不下的。"

原来父亲有个商界中的朋友名叫赵鹏九，胖而矮，也是南城人。我见过此人。他想开店，找众人集资，取店名为"崧大"，铺面就选在洗马池的热闹路段——南城人称为"码头好"。店面极小，只有一般店面的二分之一。里面也不过二十来个平方，卖的是时尚服装、鞋履箱包、配件挂饰之类，各色百货都有。我有时路过洗马池这条马路，还见过这家店铺，也走进去过，因为距江西大旅社不甚远。

　　父亲是被拉的投资人之一，此去是处理该店的关门歇业善后事宜。到了晚上，父亲终于回家了，还带回一个大大的包袱。包袱打开，摊在母亲房间的地板上。哇！满满一大堆"垃圾商品"。原来，赵鹏九表示，钱是还不出来的，目前只好把店中剩下来的、卖不出的东西，平均分摊给各个投资人抵还债务，算是作个了结。

父亲带回来一大堆"垃圾"商品

　　这一大堆垃圾商品，怎么处置？父亲立即把大哥、大嫂、定姐等人都叫来，任他们自选，喜欢什么就拿什么。于是大家手忙脚乱，在商品堆里忙不迭地翻来翻去。这个说："这件衣服我好穿！"那个叫："这顶帽子我要！""这条长裤颜色不错！""哈，这双丝袜我正合适！"……我和三弟都很幼小，只晓得在旁边看热闹而已。

　　经过众人们一番选捡，但凡好一点的都被拿走了，地上仍剩下一些谁都看不上眼的东西，像什么假玉手镯呀，念佛珠呀，老式过气的帽子呀，颜色黯淡的长围巾呀，都没有人要。母亲就把这些剩下的物件收拾起来了……

　　事隔多年，当一九四八年我回南昌结婚，姨婶把我母亲的遗物，当众分给我和三弟的时候，我忽然看到了这条灰色的长长围巾，便取来收藏起来。之后，妻子美棠把它带到上海。由于这围巾既已老旧，颜色本也不怎么好看，所以我在上海工作时也很少用。直到一九五八年我去了安徽劳教，美棠把它寄来给我御寒。在艰辛困厄的岁月里，这条虽老旧但质地确是纯真羊毛的长围巾，陪着我度过了十多个年头的冬天——直用到它支离破烂，到处是空洞，不堪再用为止。人与物的缘分也难于预料若此。

在天寒地冻的冬天,这条破旧的羊毛围巾陪我去上工(左手提的布袋内装搪瓷饭碗)

　　我十一二岁时，在后房和三弟兆抡（字寿如）同睡一床。前房则是父母的卧室。数百个日夜里，有一插曲事件使我不能忘怀，录之于此，供有兴趣的儿童心理学家或精神疾病学家来解释。

　　一个秋天的晚上，我和三弟都已经上床睡觉了。我们并头睡，我在外侧，他在内侧。

　　"当！当！当！……"

　　我隐约数见前房的时钟敲了八下。这座时钟还是母亲的陪嫁物，上部弧形，钟面白色，标记罗马数字。钟的外表蒙一层玻璃，上绘金黄色龙凤图案。报时准确，钟声悠扬空灵。

　　我在睡意蒙眬中，忽然感觉到，在我的床帐外面、枕边附近，有一阵小动物的急促奔跑声。我当时心想，兴许是老鼠。

　　我的神经还是不由得紧张起来，感觉有事要发生。

　　我又觉得，这时有一只老鼠向我的床奔来，把床沿一拍，窜入帐内！

　　那时，我房间的灯尚未熄灭，蚊帐是放下的。

　　惊惧之时，我张开双眼，向帐子方向一望……

　　哎呀！好吓人！在房间里暗淡灯光的照映下，帐子上竟然映出一只巨大的老鼠黑影，大小有一顶帐子那么大！

　　"哇——"我大声地喊叫起来，惊动了前房的父亲和母亲，他俩都来到后房，站在床前帐子外面，问我究竟发生了什么事。我告知原委，只听见父亲说："不要怕，我在这里画一个'猫咪符'，

帐子里出现一只大老鼠身影

老鼠就不敢来了！"父亲说着画了个猫咪符，他俩在床前又抚慰了一番，然后才回到前房去了。

我也安静下来了。因为以我当时的知识水平，我确信老鼠是怕猫咪的，也知道画符确是有镇妖作用的。

有时，父亲晚间自江西大旅社回家，喜气洋洋，母亲这时也显得高兴。他俩轻声地说完一些话后，便一同走到我和弟弟的卧室中来。

原来，这就是父亲把打赢官司赚的钱拿回家的时候。二十世纪三十年代，市面上都以银元为货币单位流通，只有"辅币"才用纸币和更小的硬币单位——铜元（详情我会在"偷母亲的钱"一节中叙述）。

在那个年代，一般家庭里哪里听说过有保险箱呢？只能选择最僻静的地方去藏匿。我的卧室北面就是大墙，也就是这幢房屋的最后端了。靠墙处，临窗的位置放了一张书桌，桌子后方是两堆老式的、福建制的皮箱，箱子下面有粗而矮的木制箱架托举，以防潮湿。这一堆箱子有三只，左首一堆最上一只箱子较小，也轻些，这样便于搬动。父亲每亲自动手，把上面的箱子移开，然后，打开中间的皮箱，只见里面平平地装了一些衣服、布料之类。这里就是我家蓄钱之处。我看见父亲拿出好几条由报纸包卷成筒状的银元，长二十公分有余，再由母亲小心翼翼地塞到箱子里的边角处，上面用衣服等物盖好，弄平整。放好后，上锁，再把那个轻的箱子加上去——一切恢复原状。

父亲和我面对面的交谈极少，至于像现代的知识分子父母那样单独为子女做课外辅导，更是谈不上了。

　　只有在一块儿吃午饭时，或偶尔父亲也在家吃晚饭的话，他会即兴与我们相谈几句，如果他兴趣浓厚，还会向我们讲一段故事。

　　某日午餐，父亲边吃边不无感慨地说："世事无如吃饭难啊！"我就说："吃饭还能算难？这我就不懂了，拿起筷子端起碗张口就吃嘛，这有什么难？"要待父亲再加解读，方知此话意义。无独有偶，美棠也曾遇到过类似的情况。她说，幼时某日吃饭，她的爸爸曾问她："你知道米是哪里来的吗？""这还不知道吗？"她说，"我看见李妈从米甏里用碗舀出来的呀！"弄得众人大笑起来。

　　南昌号称"火炉城市"，夏天相当热，但清晨还是有一段较为凉快的时间。一个夏日清晨，我把一张竹床置于上厅的天井中，仰望天空中的白云，在蔚蓝色的晴空中不停地翻腾起伏，有时像一只羊，一会儿又似乎像一头牛，变幻无穷，古人所谓"白云苍狗"，我领略着这样的景况，儿童的幻想也随着云彩的翻滚而变化。这时，父亲忽然来到厅前，见我在赏云，他在旁边随兴吟起了古诗："夏云多奇峰！"我听见了，至今还记得。

　　又一天，我在小学六年级，美术老师教水彩画。一次要我们用饱蘸着淡蓝色的水彩笔，往画面上端一笔抹去，然后把画纸竖起来，让淡蓝色的水自然地由上而下流淌下来，这样就形成了很均匀的夜空之色了。随后我又添画了个月亮。此时父亲也刚刚走

我正在观看夏云的变幻, 父亲在旁
吟了一句古诗

出厅堂，在廊檐下看到此画。他就说："此画可题'明月出天山，苍茫云海间'。"我就照办了。我小时记性极好，父亲随兴而发、随机而教的只言片语到如今九十多岁，仍然言犹在耳。

一天晚饭时，父亲在家，兴致颇高，和我讲了个语言文字相关的小故事。他说，从前，有一个大国，想去侵略一个小国，又恐师出无名，便想出一个主意。大国出了一个上联，让小国来对下联，如果对得出，那就相安无事，否则难免动武。当然，上联的内容也是充满了大国的骄横之态和对小国的鄙视之情：

"朝无相，边无将，汝国家，玉帛相将，将来难保"

上联的"相""将"二字都是多音多义字，前两个读 xiàng、jiàng，后两个读 xiāng、jiāng，语义、词性自然也不同。"玉""帛"都是贵重的礼物，"相将"为"来往频繁"之意，"玉帛相将"在这里意即贿赂公行、腐败已极的状况。

小国国王得此上联，只好将它张挂于京城之闹市中心，想举全国之力来解此危难。

果然，有个聪明人来了，他对的下联是：

"天难度，地难量，我皇上，乾坤度量，量也无妨"

这个下联的"度""量"二字也都是多音多义字，前后语义、词性不同。不卑不亢，堪称绝对。大国于是就不再侵犯这个小国。

我怀疑这个故事是杜撰的，但故事有趣，我也容易地学了好几个新词新字，还记忆至今。

　　父亲虽不甚关注我的学校功课作业，但有两件事他却是在意的：一是写小楷，二是读点"四书"。

　　暑假一般有两个月，我读小学五六年级时，每天早饭后，在下厅的圆桌上，父亲都要我练小楷，字帖常常是祖父遗留下来的奏折。这些奏折当时因为一些原因写坏了，不能上奏，因此留存下来。字片上的字迹仍然工整，可供临摹之用。于是父亲每每取来一张残片，叫我用心习字，每天写两三行，也无严格要求，并且教导我："祖父讲过，会写字的人在没有写这个字以前，纸上便已经有这个字了。"当时我不明白，怎么在没写字以前纸上就能有这个字呢？现在我想，那就和文与可画竹成竹在胸是同样道理吧！

　　父亲又告诉我祖父用毛笔的经验：新笔不是最好用的笔。买来新笔后，必须拿来习字，要待写去三成新、尚留七成新之际，才是毛笔的最佳状态。此时可收藏不用，再去买新笔来写。从前的考生就是这样贮藏了一定数量七成新之笔后，便带在身边去应付科举考试了。

　　到了读"四书"的年纪，父亲请的是吴山比老先生。他头发稀疏，身矮而微胖，肚子很大。一副深度近视眼镜，可看见一层层的光圈，即使戴了眼镜，他看书也必须用眼睛贴近在五六公分的近距离之内。他大概从无刷牙的习惯，我在就近听他讲课时，总能闻到一股奇异的气味。毕竟这点礼貌我还是懂得的：我总是尽量屏住气息，装出若无其事的样子。

吴山比先生衣着朴素，总是一件旧的淡灰色布袍子。质料好坏代表贫富，但读书人绝对要穿长袍，长短之别是斯文与否的象征。

上课的时间定为每晚七点到九点。地点还是在下厅圆桌上。我是主要受业门生，因此时我年十四岁。陪读的是三弟兆抢，他只有十一岁。他哪里听得懂？不过，父亲觉得反正一样授课，加一个旁听生也多少有点益处。

我的中学国文老师邓锺霸先生和我们说，"四书"之中，文章写得最好的是《孟子》。吴山比先生首先教我们的就是《孟子》。这部《孟子》，他花了两个暑假的时间才教完。

每到夏夜的七点钟左右，吴先生按时到达。下厅里两旁本来就摆着四张太师椅和两个茶几，这时就需要把太师椅移动到圆桌边来。吴山比老先生面南而坐，这是尊师之礼。我和三弟坐于两边。《孟子》在旧式书铺很易买到，是石印的版本。书上没有标点符号，吴先生讲完一句，就用竹制笔帽顶端，蘸上印泥，往书上一按，即成一个红色的圆圈。讲到语意未尽而须停顿的地方，就用毛笔尖点一下，成了一个瓜子点。

每晚两小时，只够先生教我们一小段。他讲解的内容，我当时只能理解二三成而已，倒是书中有些句子，由于文字精妙富于韵律，我当时就爱诵读，至今也不能忘。

"君子之于禽兽也，见其生，不忍见其死；闻其声，不忍食其肉。是以君子远庖厨也……"

"君子之于禽兽也，见其生不忍见其死，闻其声不忍食其肉，是以君子远庖厨也"

现代科技日新月异。以前飞机需要人来开，现在有了无人机。汽车本来需要人来驾驶的，现在有的智能汽车，也可以实现无人驾驶。说来你们不信，其实我在少年时，也曾发明过一种"无人"的装置哩。姑且称之为"无人蒲扇"吧。那是我在读"四书"的暑假里的发明。

那天，我拿一柄大蒲扇，扇柄中部用一根带子绑在太师椅的上部横木之上，不能绑得太紧，以扇子能上下活动为宜。然后以一根黑线，一头联结蒲扇扇柄下端，另一头绑在我的右脚上。诸事完毕，我端坐太师椅上，右脚前后移动，蒲扇即上下扇动，若有人为我在身后打扇一般，风虽不大，微风总还有一丝丝飘过来的，取其意也！我悠然坐在椅上，扇子无人而动，岂不快哉！

这晚，吴山比老先生照常来上课。我遂坐上这把无人而能打扇的椅子。三弟兆抡对面而坐，心中应当也在窃笑。

吴老先生起先并未在意。他端坐在正中的太师椅上，两只高度的近视眼镜贴近桌子上的《孟子》课本，只有四五公分的距离，正在讲课。厅中只悬挂着一个光度为二十五支光、没有灯罩的电灯泡以作照明。所以，除了桌面上空有淡黄色光芒以外，四周都是黑漆漆的。约刻把钟之后，吴老先生把头稍微抬了抬，忽见我的椅子后面有一柄大蒲扇上下扇动，像是有人在我身后为我打扇，但他却看不见人影，只见那扇子空自摇动，再定睛看我，我两只手都在桌面上，脸色淡定自若……

博得老先生一阵惊奇之后，我即拆穿自己的西洋镜，老先生也随我和弟弟一起笑了起来。

2016.9.3.平如

我发明的"无人打扇机"把吴老先生吓了一大跳

父亲有些什么爱好呢？闲暇之际，有时他会在书房里踱着慢步，吟哦一些诗句。某日，我看到他所读的一本书——《陈石遗集》。我翻看一下，看不懂，也没有兴趣，便放下了。

他有时还会哼一两句京剧唱腔，我听不懂，也不知是哪一出戏里的。

在冬天，他办公室里会有一个炭盆，低矮的木架子上置一个浅而稍大的铁盆，里面烧木炭以取暖。木架旁有一双火钳，用以整理燃烧中的木炭。盆中还有一个铁架，上面烧着一壶水，水汽可使室中空气潮润。父亲手上则捧一个铜炉子，很小，直径约为十一二公分，里面也点燃木炭。冬天写字时，用以暖暖手。我也试着摸一下，仅微温而已。

父亲喜喝茶，每天必冲泡绿茶，已是习惯。他在家从不单独喝酒。我从没有见他在家里自斟自酌地饮酒。

在夏夜，他有时和友人在书房中下象棋，我无事时，在旁观看，玩弄他们吃下来的棋子。

父亲对我和三弟并未有过严词呵责，只是由于接触很少，我俩对他总心存敬畏。父亲总是严肃些，母亲总是亲热的。从前的人称自己的父亲为"家严"，自己的母亲为"家慈"，这是有缘故的。

十分诗

我的母亲名叫杨元珈，字淑懿。秉性聪慧，贤淑娴静。她出身于书香之家，自幼即温文尔雅，读书明理。外公外婆仅此一女，故倍加钟爱，也许是由于这个原因，在择婿的条件上较为苛求，几经蹉跎，母亲出嫁的时候较当时的一般女子为晚。那时，父亲的原配妻室陈氏妈妈去世，于是母亲嫁给我父亲为继室，以前称为续弦。

母亲的个性很和善，说话轻盈有礼，我从来没有听见过她大声叫喊，或是叱骂指责，对用人亦不例外。

她喜欢看书、写字、作诗。她看的书我一点儿也不感兴趣，像《镜花缘》呀，《再生缘》呀，《孟丽君》呀，《燕山外史》呀，内容都是些夫人小姐公子丫环的言情故事。书中叙述方式也很特别，有时写一段文字，有时用七言的格律编写一段唱词，互相穿插。其中只有一本《石头记》，我那时还勉强能翻看，由于年纪尚小，大概十岁十一岁左右吧，也没劲。母亲的小说书都堆放在衣橱的上面一格，平时是锁着的，她只拿出一本正在看的书，放在方桌或条几上。

母亲笃信佛教，因此她把有些关于劝人为善的书，称之为"善书"，随意放在桌上，有时我也好奇地翻看几本，倒是有图有文。内容则大抵是介绍阴间人物，黑白无常，夜叉阎王……再就是恶人死后在阴间受种种酷刑的场面，上刀山，下火海，被油煎……非常可怕；生前行善的好人，则可受到优待，魂魄被领到另一个好地方，让他再投胎到人间，重新做人。我虽然喜欢看图画，但这些图画却让我越看越怕，夜里也要做起噩梦来。

善书还有一类是讲因果报应的，也是图文书，介绍历代许多善恶有报应的故事，年代、地点、姓名俱全，教诲人们"为善必昌，为善不昌，祖有余殃，殃尽则昌；作恶必灭，作恶不灭，祖有余德，德尽则灭"的道理。

母亲的善书中有一本书我很喜欢，是《护生画集》，丰子恺先生作画、弘一大师题字。我小时候喜欢看图画书，也喜欢模仿。摹画时用的是一种"竹纸"，这种纸很薄，易破碎，又不易吸收水分，不适合用来写字画画，但它有一个优点，就是透明，摹画时看纸

下的线条非常清晰。我在晚上煤油灯下常常摹画小说书中的绣像
人物,《护生画集》就是我喜欢摹画的范本。

2016.10.27.平如茶绘

母亲每日的功课——早晨唸佛经

每天早饭后，母亲必定会做她的功课——念佛经。

念经之处是上厅的屋檐下。她静静地伫立在那儿，双手捧着一串木佛珠，口中轻轻地念诵着经文。她念的声音太轻，我听不清楚，只有最后几句，听多了多少听出一些规律，现在我才知道母亲念的是"揭谛揭谛，波罗揭谛，波罗僧揭谛，菩提萨婆诃"，原来是《般若波罗蜜多心经》。

每逢阴历初一和十五，以及玉皇大帝、观音菩萨、地藏王菩萨或其他神仙的生日，母亲必吃斋。她吃斋也只交代厨房里的大师傅老放另烧几个素菜，和我们同桌同时吃，并不增加麻烦。在吃斋的日子里，母亲必定上二楼佛堂去焚香礼拜，虔诚下跪。

母亲喜欢写古典诗歌。她有一个洁白的包裹，里面保藏着许多各种颜色、大小不一、印制精美的诗笺，上面的诗句都由字迹不同、但同样娟秀的楷书写成。原来，这包裹里珍藏的是她从少女时期至婚后，与闺中密友和女眷吟咏唱和、互相酬答的作品。这也是当时女子的一种闲暇消遣吧。

我看过母亲收藏的这一大包诗作后，大概也复原出当时她们结会娱乐的场景。她们大概有诗坛一类的集会，定期活动，各人轮流当"坛主"，出个题目大家来做。主题大抵可分两类：第一种，歌咏四时景色、风花雪月以抒发个人情绪；第二种，歌咏人间美事、喜庆节日以示欢欣祝福。待下次诗会时则各人交卷，传看观摩，再将诗作工整地写在诗笺上，互相赠送，留作纪念。

唯独有一次诗会较新奇，我从存稿中观察到，曾出了一个在少年时代的我看来更有兴味的题目——我称它为"十分诗"。当时的要求应该是写一首七绝抒怀，前三句描写一事物，最后一句里必须把"十分"二字嵌进去；每人须写十首。大大小小、五彩缤纷的诗笺上，写满了"斑斓秋色十分浓""玲珑玉盘十分寒"，乃至"十分清""十分凉""十分深"……可惜我当时识字也不多，只觉得十分有意思，佳句一点也不记得，就连上边举例子的两句也是我现在胡编乱凑的哩。可是如果这胡编乱凑能使读者也感到一丝兴味，进而吟出几组好诗来，则敝人幸甚矣！

我的父母亲都爱作诗，深谙韵律，但他们从未想到要教我作诗，我也没想过要去学作诗。

按习惯，我总是在后房做功课。唯独有一晚我心血来潮，跑到前房母亲房间里去做功课了。大概七八点钟光景，父亲在江西大旅社与友人聚会未归。母亲一人独自坐在红木桌前，借一盏擦得很亮的洋油灯观书。我就在桌子的另一侧，找张凳子坐着，读起一首唐诗来。

母亲听见我的读诗声，立即放下她正在看的书本，对我说："平儿！诗不可以这样读。诗要吟。我来教你。"

我念的正是流传千古的一首《枫桥夜泊》。于是，母亲教一句，我就跟着哼一句。所谓"吟"，原来就是拉长声的"哼"，所不同者，

哼的时候，要抑扬顿挫，有其一定的规律。说来也奇怪，母亲只
教了我三四遍，我跟着学了三四遍，不到一刻钟光景我就学会了，
至今不忘。

母亲教我吟诗

吟诗须用乡音。吟者是哪个地方的人，就用那个地方的家乡音调来吟。二十世纪八十年代，我在上海市黄浦区参加会议，有位年老的政协委员王老先生在发言中，忽然雅兴大发，即席吟咏他的一首诗作。此老乃宁波人，当然用的是宁波乡音，我虽然全不能辨明一个字，但从他那咿呜呀啦的吟哦声中，却能听懂他心中的激情。

吟诗在学校里是不教的，靠的是代代相传，亲口传授，有的人是靠私塾里的先生，有的人则靠的是自己的父母。

母亲还喜欢书法。一日，我从小学校里放学回家，溜进母亲的房间，忽然眼前一亮，觉得房间与往日有所不同。原来房间西面摆衣橱的上方，新挂了四个条幅，每个条幅四周都用淡青色裱边，素雅清新。条幅上还隐约可见打了淡淡的红格，约五公分见方，上书正楷。内容是白居易的一首七律：

平生心迹最相亲，欲隐墙东不为身。
明月好同三径夜，绿杨宜作两家春。
每因暂出犹思伴，岂得安居不择邻。
可独终身数相见，子孙长作隔墙人。

母亲笔法铁画银钩，极有功力，我自愧现在虽已进入耄耋之年，仍写不出这样好字。

母亲会吹箫和笛，我之所以会这两种乐器，也都是她教的。她说她陪嫁的物件中还有一台风琴，但几经战乱搬迁，风琴我已无缘一睹。她还给我看过一本英文课本叫《华英初阶》，也是她从前的读物，里面教二十六个英文字母，还有 pen、book 之类的单词。看来她还略学过英文。

母亲生活平淡，早餐食粥，下粥的只有云南大头菜。她偶尔会吸几口水烟，从不喝酒。

有时，她也和姑姑、大嫂及来访的亲戚玩麻将牌，但她是个不工心计、胸无城府的人，哪里是她们的对手？我小时候总爱站在她的身旁看她打牌，心里急迫地希望她快点和牌，但事与愿违，母亲十有八九是输。我只见她牌桌上的筹码越来越少，觉得又急又没劲，便赌气跑开不看了。等晚上客人散去，有时我会关心地问她："妈妈，今天赢还是输？"她说："输了两块多！"那时家中玩牌的输赢大小不过如此。

母亲在单独无事时，还会拿出一副骨牌来消遣，这副牌做得很是细巧精致。她拿这骨牌教我和弟弟做接龙游戏，也教我们玩卜卦，预测未来之事，例如明天会不会下雨呀，今天妈妈打牌会不会赢钱呀之类——不过是小儿的游戏，付之一笑而已。

我站在母亲身边看她打麻将牌

母亲主管家务，但从来不曾提篮买菜，也不曾下厨房炒菜、烧汤、炖肉，这些具体实务都由大师傅老敖承担。每天早晨，老敖到母亲房门口领买菜钱，买菜回来，又到母亲房门口报账：买鱼多少斤，用去多少钱；买豆腐多少，又用去多少钱……母亲有一本家用账册，这个时候她就将老敖报的账一一记在账册上。

大师傅老敖在房门口报菜账

　　记账还要会算盘，我会打点算盘也是母亲教的。每到年终，母亲就把这账册向父亲手上一摊，说："你看看账啊！我没有浪费你的钱啊！"父亲此时总是会心一笑，哪里会去看这本账册。

　　那时我家只请了两位男佣，一位是烧饭的大师傅老敖，不知其名；另一位是拉黄包车的车夫荣发，不知其姓。老敖喜欢说笑，处世比较圆通；荣发则沉默寡言，但人极诚实。

　　一日，下午三四点，老敖正坐在厨房门口的矮凳上吸旱烟。旱烟是老敖不离身的玩意，吸完将烟管斜插于腰带上，这就是老敖的一贯造型了。

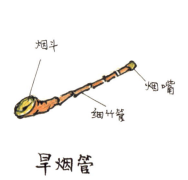

烟斗

烟嘴

细竹管

旱烟管

旱烟管之携带方式

　　这段时间是老敖的闲暇时光，因为午饭已经吃过，而备晚饭则为时尚早。

　　老敖将旱烟从嘴上拿了下来，把烟斗反过来在地上轻轻地敲了一下，一粒黑豆般大小、烧焦了的渣子就掉了出来，算是抽完了一口烟。于是他微笑地问我：

　　"二少爷，我来问你，你们学校里有英文课吗？"

　　"有呀！"我回答，心里觉得奇怪，难道老敖也懂得英文？否则怎么会问这样的问题呢？

　　"那么，你知道英文是怎么来的吗？"他接着问。

　　"不知道……"我说着，心里更加惊奇，英文的来源他都知道，难道他真有点学问不成？

　　"好！我来告知你吧！"老敖顿显得意之色，开始讲故事了。

　　"原来呀，外国人是不会写字的。后来有个外国人想学写字，就找到孔夫子家里，来到书房说明来意。孔夫子一看是个外国人，哪里肯教，径自走到堂屋里。那个外国人倒是会纠缠，也跟到堂屋里求孔夫子教他。孔夫子觉得太烦人了，便又离开堂屋，跑到后面院子里去。谁料这个外国人真的是求学心切，竟也跟着追到院子里来了。说来也巧，这时孔夫子忽然感到内急，要小便，于是便在地上撒了一泡尿。那个外国人一看，大喜过望，以为这就是孔夫子真的在亲自传授'写字'哩，于是他就依照着地上弯弯曲曲、点点滴滴的印迹，认真地摹写下来，带回国去细心研究整理，

2016.10.25. 平如

老敖讲故事:"孔夫子教外国人写字"

于是, 外国人从那以后才开始会写字了, 这就是英文的来历呀。"

我的天哪! 听到这里, 我明白过来, 老敖讲的是个笑话, 而且还不雅得很呢。可是如今回想起这个流传在清朝以至民国时期的民间笑话, 却也有其历史渊源。的确那时候大部分国人包括少年时的我在内, 对外国都抱有鄙视态度, 认为我国是泱泱大国, 他们是夷狄之邦, 夷狄的文字有什么必要去学? 于是民间便会流传出老敖所说的这种笑话。

遭受火灾后的老余来寻求帮助

母亲个性慈善，待人宽厚。某年，我们所住的陈家桥对岸的棚户区失火。棚户区的建筑本来都是木柱、木板、帐篷等易燃物构成，哪里经得住火灾降临，一夜之间，尽成灰烬。当时的政府，视而不见，毫无救困扶危之想。贫民只有各自设法重新搭建棚屋，否则便无安身之地。

火灾次日，我们一家人正在吃中饭。此时，熟识的老余前来求助。

老余是个靠拉黄包车为生的贫民，当时年约四十岁，由于住得较近，我们有事外出时，经常雇他的车子坐。特别是到了我读初中的时候，那时的省立南昌第一中学距我家很远，所以我必须住宿在学校。学校每周六下午停课，我就在每周六下午返家，玩到星期日吃过晚饭后才回学校。从家到学校大约有一个小时左右路程，母亲每次都雇用老余的车子送我到学校，车资一趟四百钱。因为怕夜路不安全，雇老余的车子，母亲才放心。

这天，老余哭丧着脸央求："……现在很多人都在重新搭棚屋，我没有钱买'木头杪子'（即树木上端很细的部分，价格便宜），再不买就没有我的地方（指居住的那一块空地）了，求求你们！"母亲听见后，二话没说，放下筷子，走到房中，取出五元给他。老余连称："多谢！多谢！"然后就赶回去办事了。

我还依稀记得，在我读小学五六年级的时候，下午放学回家，走进母亲房中，忽见一个年龄五六岁的小女孩，身穿绿色短袄，坐在矮凳上，头上梳着两个短辫子。

原来，当时湖南某地遭遇水灾，灾民携带一家老小出来逃命。这天上午，一户灾民跑到我家来，他们有六个孩子，其父哀求说，走到哪里都是饿死，请求你们收留一个小的，给我们几个钱，我们一家人就好活命了。母亲于是收留了这个小女孩，给其两百元银洋。这家人便千恩万谢地走了……

我忽见房中多了一个小女孩

　　古书中说的"卖儿鬻女"，民国时期仍然存在。

　　母亲为这个女孩取名为"双喜"。当时我家除老敖和荣发两名男佣以外，尚有三名女佣：一名照顾祖母，一名照顾母亲，一名照顾大哥全家。三女佣有一个居室，双喜就和她们同住，生活也由她们照顾。

还没有入座就听说某处"起火"了

女佣干的是粗活，例如洗衣、揩桌椅、擦灯罩、搬运物件。双喜是小孩，一般不做什么事。后来逐渐长大了，也只做些轻微小事，如替母亲倒茶、送水，夏天替我把蚊帐里的蚊子用扇子赶走，然后把帐子放下……有时我和三弟玩牌，人少没有劲，叫她也参加。我用四十八个军棋棋子代表麻将牌，仿效大人们打麻将。印象中，双喜替我做的最后一件事就是十八岁那年考取黄埔军校时，我在裁缝店里做了一个童子军式的大背包，包上我设计了四个美术字，用四条白色布剪成"长征万里"字样，裁缝店里做好了，我叫她去店里替我把包取回来。

一年夏天，南昌兴起了"露天电影"。露天电影只能在晚间放映，一般可放两场。将白色幕布张挂在室外，幕前放些长板凳，放映机设置在后面。没有空调的年代里，人们爱在室外纳凉。母亲对露天电影很感兴趣，带我和三弟坐黄包车前往，地点就在洗马池，距江西大旅社不远。这天放映的片子是《杨乃武和小白菜》。

这时大约是下午五六点钟模样，我们走进园子里，买好票，还没有入座，忽听得人们在惊呼："起火啦！"南昌这个地方本来就很热，房屋又多为砖木结构，过去经常发生火灾。母亲一听，担心家中出事，赶紧回家，回到家后，倒是什么事也没有。可惜我的露天电影就没看成了。

我家有一点很奇怪，从来不给小孩零用钱。过年时拿到的压岁钱不必说也全由母亲收去保存，平时除了三餐饭，零食也极少。我们小孩在外面看到一些好吃的、好玩的，想去尝试一下，无奈身无分文，难以如愿。

无奈之下，我只有采取两个办法了。第一，骗。我会对母亲说："姆妈，我要去买本簿子！"簿子就是学生写作文或练毛笔字用的练习本，她马上就会给我钱。

第二，偷。在母亲房间靠西的壁间，放着她的衣柜。下面的那个柜子里放了什么，我不知道，因为它不是我的目标所在。只有上面的那个衣柜，母亲用一把老式的铜锁锁住。那把锁是一根长形的圆铜棍，穿在两扇柜门上的环形圆孔中。一端是呈关公大刀形的铜片，一端是锁孔。

母亲在打开柜门之际，有时我在旁边，所以内部情况我极为

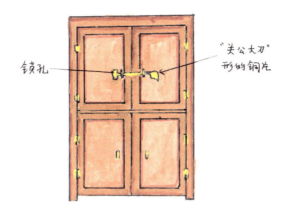

锁孔

"关公大刀"
形的铜片

母亲的衣柜

书

衣
物

钱

衣柜上层内部

清楚。上面衣柜共有两层：上层左边大部分的地方堆放衣服，右边靠柜壁处则堆放一叠母亲平时爱看的书籍。下层则为左右两个抽屉。左边的抽屉不知放些什么，而右边抽屉内的左前角则码了一堆相当高的纸币——裕民银行印制的"壹佰钱"，是当时流通的小额货币。

　　每当母亲不在房内，而我又急着要花销的时候，我就溜进屋子，试着把柜门往外拉；由于铜棍较长，倒可以拉开一个空隙。我当时手小胳膊细，而且柔韧度也比较好，可以把右边的抽屉拉

平如偷钱图

出一些，而且用手指去抓左角堆放的纸币，往往能够得手，抓出个一张甚至两张，然后，将抽屉及柜门复归原状。总计一下，数年来我总偷过十多次母亲的钱。可能由于涉案金额较小，她竟没有察觉。

根据这段经验，我以为，适当给小孩一些零用钱，还是颇有益处。

现在，请允许我花点时间把自己小心窃来的这一张纸币介绍一下。

在二十世纪三十年代前期，也就是抗日战争全面爆发的前些年吧，江西南昌使用过一种江西省裕民银行印制的纸币，面值是"壹佰文"，南昌人习惯称它为"壹佰钱"。这个裕民银行是公家办的还是私人办的，我也不知道。

在我小学二三年级时，市面上还用过铜元，南昌人称为"铜角子"，小孩用一两个铜角子还可以买点小零食。后来，忽然间铜元消失了，不用了，取而代之的，就是这种裕民银行印制的"壹佰文"纸币。当时，一块银元可换三吊六（意即三千六百文，也就是三十六张这样的纸币）。这种兑换行情时有涨落，但大致相差不大。

我家附近有条小街，直通洗马池这样的大马路。要去江西大旅社，这条街是必经之路。街名似叫"翠花街"。街上都是小店铺，

江西裕民银行印发的纸币

有打铁店、酱油店……还有一家面店。我偷钱得手后，多半就是到这家面店来吃面，因为我家终年四季都是粥和饭，从来不吃馒头、包子、面条等北方食物，我想换换口味就来这里。这家面店也很简陋，店堂里只设两三张方桌、长凳，店堂内部铺了一块大木板作擀面板。老师傅用一根长约三公尺¹的粗竹竿，一端塞入墙上的圆洞内，身子则坐在这根竹竿上，下面压着巨大的面团。他利用自己的体重来代替手搓揉面团，竹竿时时变换方向，面团也不时地翻转，用这种方法，可以省力地揉制大量面团。经过多道工序，最后他用刀切出一串一串的面条。这样人工揉制的面与现

---

1. 米的旧称。

在机器压制而成的面条口感大为不同，面条富有韧性，润滑可口。我走进此店喊一碗面，是大碗，用的是豆豉煮成的汤，那时也没有酱油、味精之类多余的调味品，面上撒上五六片切得极薄的瘦肉片，味道很好，价钱是一百七十文，以大洋（银元）计算，只合五分钱还不到一点。这是当时的物价。

我在附近小街上的面店里吃汤面

纸币可以撕开来用

　　裕民银行的这种纸币，还有一种奇特用法，可能是世上其他纸币所万难做到的——它可以撕开来使用。例如，你叫黄包车，车夫要价四百钱，你还价三百五十钱，他同意了，但你手中只有四张"壹佰钱"的票子，没关系，你只需将其中一张撕开一半，将半张给车夫即可。这半张票子照样可以通用的。美棠曾对我说起过，她自汉口初到南昌的时候，曾亲眼看到这撕钱一幕，使她大为惊奇。

饶家

父亲是独子，只有一个妹妹，名饶静昭，也就是我的姑母。姑母的命运很不好，十七岁出嫁，丈夫姓周，十九岁时，丈夫周某即病故，生有一个遗腹女，我不知其名，称呼她为"周姐"。周姐因幼年时受到惊吓，留下后遗症，智力发育迟滞。她后来嫁给了刘禄谦，是我外婆刘氏家族里的人。按照姑母和我的关系，我应称刘表姐夫；但若依我外婆家的辈分，他属于我的舅舅一辈，所以我称他为"禄母舅"。我们一家在南昌陈家桥租住的房屋原先是姑母的，姑母后来给了周姐，所以禄母舅也就成了我们的"房东"。他与周姐生有三子一女，智力均正常。他们的长子名刘高俊，小名叫荣子，是我小时候的玩伴之一。

姑母　　　　　姨姐

为家中人物造像

姑母因无子嗣，周家的另一房过继给她一个儿子，名叫周邦人，小名细俚，也是我小时候的玩伴之一。

姨姐名羊萱瑞，其实是父亲的侧室。自从母亲逝世后，她一直照料父亲的饮食起居，直到一九五六年父亲逝世为止。之后，她和在江西鄱阳生活的三弟寿如一家住在一起，帮助三弟和弟媳照料他们的孩子荫曾、韵芬、韵康、韵苏、韵玲、韵兰。孩子们长大后，姨姐改嫁。但三弟一家和她仍有往来。

她于二十世纪九十年代去世，享年八十五岁，葬于鄱阳。每年清明节，三弟的儿女们还会去扫墓，因念往日幼时照料之情也。

　　父亲的原配陈氏，我不知其名，生育一子一女，即我的大哥和大姐。大哥名兆锦，字慕如。据说陈氏妈妈生大哥时，梦见一个人携着一匹绸缎进入房中，故名"锦"。不久，祖父芝祥公在朝中升迁，大概是御史吧。祖父遂将他的名字"兆锦"改为"兆拯"，表示提醒自己，要当个好官，要做到拯民于水火之中。在南城方言中，"锦"与"拯"同音。

　　父亲告诉我，大哥跟着我的姻伯罗英在天津读南开大学，学习工程。但大哥不喜，后来转学法律。学成后在南昌地方法院当书记官。我的大嫂名黄玳华，是我的发蒙老师黄晓浦的长女。他们生有五子一女，在南昌的时候和父母亲及祖母都住在一起，按例每月交母亲四十元作为全家的生活费。

　　大哥比我大十六岁，他一生忠厚，为人诚恳，我非常敬重他。记得先时在家，我和二姐、三弟等坐在一起谈笑的时候，有时父亲进房来了，我们都会自动起立，以示尊敬。有时我看见大哥进房来了，也会自动起立。

　　那时候，家里人很少过问我的功课，我每天的任务主要是尽兴地玩。唯独有一次，记得是晚饭后，除了祖母和父亲，大家都在大哥房间里闲谈，不记

当着众人的面，我做不出算术题

得是什么缘由，话题竟扯到我的学习方面。我那时大概在读小学三四年级，大哥于是在窗前的桌子上，拿出纸和笔，出了一道算术题叫我来做。我摸腮挠头，做不出来，耳赤面红，当场出丑，大哥责备了我几句。这是他难得一次过问我的学业。至今思之，历历如在眼前。

大哥在南昌当地方法院书记官时，某年，南京的高层法律机构忽然要举行一次考试，在职的从事法律工作者可自愿参加。据说通过这次考试后，合格者可增加一份资质，而且也可有以后提升职位的空间。我当时年幼，听不明白考试的具体情况，大意如此吧。

父亲便嘱大哥去应试，考试地点在南京。

从前，离家而赴外地都称为"出门"，那可是件大事。一切家用品均须随身携带，包括被子枕头。

准备"出门"了，首先，要去买一块大油布。它是用较厚的棉布在桐油中反复浸泡，然后晒干而成。有相当厚度，而且质地也较硬实。用它来包裹物件，可以防雨。

临行前夕，要开始打行李包。这个工作必须两个有力气的男人才能完成。担此任务的是大师傅老敖和车夫荣发，众人在旁围观。大哥、大嫂忙着把应用衣物搬出房间，指导老敖如何摆放。我小孩也站在旁边看热闹。

只见他们先把那块相当大的黄色油布平铺于上厅地上，其上

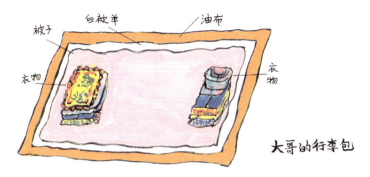

大哥的行李包

a. 内部物件的放置

b. 两侧互相交叠

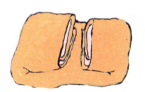

c. 两端折叠

d. 再折叠成一个包

e. 用麻绳将包捆紧

加覆一条白色大被单，以免被窝与油布接触，沾染可怕的桐油怪味。然后，被窝的被面朝下放在布上，接着拿出枕头、衣服，置于被窝两端。两堆衣物保持同样宽度，只见留有适当距离。有些零星杂物如手电筒之类也塞入其中，使减少空隙。完毕后，将黄油布和白被单左右两侧先交叠，再将两头卷起来，随后进一步交叠，这时就需要一人重重将包袱按住，另一个取出小指粗细的麻绳将包袱四周牢牢捆紧，就算打好这个行李包了。

临行前，大哥到母亲房间里来辞行，母亲怕大哥身上带的钱不够用，又拿出三十元大洋给大哥。受到继母这样体贴和关心，我见大哥噙着眼泪走出了房门。

次日，大哥就到南京去了，可能是坐轮船去的。又过了大约四五天，大哥回来了，考试结果我也不得而知，反正大哥仍旧在南昌地方法院当他的书记官。

我的大姐名舜华，字永如，她比大哥小三岁，聪慧好学。她九岁时，陈氏母亲就因病去世。我母亲杨元珈与父亲结婚，当时称为续弦，也就是成为大哥、大姐的继母。当时大部分家庭里的女子是不进学校读书的。后来大姐回忆往事说，她九岁时起就跟着我的母亲看书习字，回忆中母亲常常是一面在打算盘记家庭里的账，一面教大姐读书写字，后来还教大姐写诗。

大姐夫名朱文杰，出身富商家庭。在二十世纪二十年代他祖

父朱春圃经营药材生意，富甲一乡。但某次由于店中去四川采购
药材的人员携巨款潜逃，药店经济上受到重大损失，信誉也受到
影响，家道从此中落。此后不久，朱春圃身患重病，因为相信冲
喜会带来好运，十六岁的大姐就这样匆匆嫁给了二十岁的大姐夫。
然而就在新娘进门的次日，朱春圃病故。

2017.1.4.平如

大姐问："你到我家去，好吗？"

2016.12.27. 平如

母亲见了我,破涕为笑了

　　大姐比我大十三岁。提到大姐,父亲和母亲常常给我讲下面这件旧事。我自己也依稀记得开始的一幕,只是事情的进展完全不记得。

　　我那时大概五六岁,某日傍晚时分,我正在家门口独自玩。大姐夫和大姐新婚不久,正好走过我家门口。大姐见到我就问:"你到我家去玩,好吗?"我傻乎乎地点头同意。他俩便把我带走了。

现在想来，他们当时也年轻，考虑问题简单，也没想到去家里跟母亲打个招呼。

且说我母亲到门外见不着我，忙派人四处打听，均未有消息，独没想到去问大姐家，可能也是因为她才刚刚成家吧。母亲急得大哭起来，疑心被人拐走了——那时候拐骗小孩之事颇为平常。母亲焦急万分，一夜都睡不着觉。

而我这个时候在大姐家里玩了个够，正在呼呼大睡。

到了第二天上午，大姐夫和大姐带着我说说笑笑回到家里，母亲见到我们三个，知道是如此情况，方破涕为笑，我被大姐"拐卖"的这件事自此成为笑谈。

我母亲育有一女两子：女儿名月华，字定如。按排行我应称呼她为二姐，但我习惯地称呼为定姐。定姐比我大五岁。三弟名兆抢，字寿如，比我小三岁。

我们家吃饭，不知何时开始，也不知以何故，就流传下一些规矩：荤菜不吃牛肉、黄鳝、泥鳅、甲鱼；菜蔬方面，辣椒不上桌子，其他新鲜蔬菜都可以吃。

一天半夜，我迷迷糊糊中突然听到有窸窣响动，人一下子清醒了，留神一观察，只见定姐已经偷偷起床，往厨房方向溜去。见此情形，我当然也一翻身爬了起来，悄悄尾随，看个究竟。一进厨房，情景大为异常！

原来在这寂静的深夜里，厨房里却
金光灿烂，炉子上火光熊熊！大哥大嫂
早已在厨房忙得热火朝天，大哥正弯曲
着身子向炉膛里投送着板柴，而大嫂一
心一意照顾着炉上的锅子。见我追踪而
来，他们知道事情败露，忙悄声对我说：
"不要声张！烧好给你吃一碗！"

原来，他们不知从哪里买了泥鳅，
又买了面条——泥鳅煮面，据说滋味鲜
美无比。他们三个白天不敢动手，决定
在半夜里采取行动。眼看火候将到，即
将出锅，大嫂忽然又道："如果再加一
把香菇就更好了！"一语又给了大家一
个激灵。

香菇，我家有是有的，并不算稀罕。
但是我祖母从小过得贫寒，还保留着节
俭的生活习惯，有时近于吝啬。对于香
菇、木耳这些她认为贵重的食品，她都
喜欢收藏在自己房间的柜子里。母亲虽
然当家，但知道祖母的脾气，此等小事
她是不过问的。

只见大哥大嫂和二姐悄悄地忙碌着

2018. 7.22 平如

三大碗泥鳅面归大哥、大嫂、定姐享用，可怜的我只分到一小碗，但当时的我仍觉得满意

　　这时，泥鳅面正在炉火上等着出锅，如此千钧一发之际，大家决定，派出定姐去偷香菇。定姐当时十五六岁，身手敏捷，来去如烟，也只有我才能发现她的行踪蹑迹而来了。定姐也一口答应，轻巧地溜走了。没过多久，真的弄来了一大捧香菇——祖母和陪伴她的女佣还在呼呼大睡哩。

　　香菇泥鳅面真的烧好了。他们三个人都用大碗呼呼吃，只端了一个小碗给我。但我当时只认为有得吃就不错了，况我对定姐一向是唯命是从，岂敢再提意见乎？

　　数年前的一个下午，我随手打开电视，见是一个学术讲座节目，讲的是"舜目有重瞳"的故事。什么是重瞳？屏幕上还画了一幅示意图：眼睛里有两个黑色眼瞳。

电视屏幕上展现出来的"重瞳"

　　我看了以后顿觉得困惑，同时，也想起了一段往事。我家里就曾有一个有"重瞳"的孩子。

　　他是我的哥哥徐如，比定姐小三岁，比我大两岁。据父亲说，徐儿出生后，眼睛粗看之下并无异常。一直长到五岁，一个平常照顾着他的女佣，在亲抚他的时候，偶然一瞬间，竟发现徐儿的眼瞳不同寻常。一般说来，两人对视，在各自的眼瞳中，都会映照出一个对方的人影。

一般人的眼睛
（在与别人近距离对视时）

但女佣发现，徐儿的眼瞳中，竟映照出两个并列的人影。女佣马上叫喊大家都来看这一怪异现象。一时间人人称奇。

有"重瞳"人的眼睛
（在与别人近距离对视时）

父亲随后告诉我，这就叫重瞳，古人称之为有异相。历史上知名的重瞳子有两位，一是舜，一是项羽。照从前人的说法，有异相之人长大后必有大作为。但是，这些人在成年以前生命力却非常脆弱，他们最好在幼年时不要被人们识破发觉，否则众人的啧啧称奇声他们恐经受不起。

五岁的徐儿在此事后不久竟夭折了。

我的三弟兆抡，字寿如，比我小三岁。三弟幼时和我在同一张床上同睡一个被窝。

我记得，那时家里养了一只黄白相间的猫。父亲爱养猫，我和三弟也都喜欢它。一到晚上，猫就会跳上我们的床，趴到我俩被窝的中间凹陷处。我们两个就都不动弹，让它安稳地睡在我们中间。大概有二三年的样子，忽然有一天，猫不知何故死掉了。

父亲吩咐老敖把猫放在一个平时放饭锅的草窝里，准备拿出去。三弟和我在草窝被拿走之前，心痛地又瞥了一眼，只看见它露出的一只耳朵……

唉！儿童看到自己的宠物死去，多么难过。这是我第一次体会到生命死亡的悲哀。

定姐在家时，我和三弟一切都听从她的指挥，因为她聪明又能出主意。等到定姐十八岁出嫁后，三弟就一切听我的话了，因为我会想办法做游戏。举个例子罢，平常家里看到大人们打麻将，推来倒去码牌，看着有意思，我便也想玩玩麻将。哪里来的麻将牌呢？我就用我的陆军战棋改造成麻将牌。军棋棋子上刻有军长、师长、炸弹、地雷……我就仿效麻将的规则加以改动，每有三个顺序连贯的棋子即作为一套，如"军师旅"可为一套，"师旅团"亦算一套。我又规定：有两套再加上一对，即算和牌。我又嫌两个人打麻将不好玩，便把双喜也叫来参加。三个人打牌就够意思了。双喜本不识字，但寓"教"于"乐"，她很快就认得棋子上的字，而且玩得非常高兴。

三弟和我伤心地向草窝看了一眼

2017.5.31.平如

我发明的打牌游戏

外婆家

　　我常觉得奇怪，为什么人们都爱说"外婆家"而不说去"外公家"呢？有一首脍炙人口的歌曲名字也叫《外婆的澎湖湾》。我猜想，也许对孩子来说，外婆更好亲近些，她总会拿些零食给孩子们吃，或炒几个好菜；外公多半在外面工作，和孩子们见面少一些吧！

　　我的外公杨国颐去世很早，我没见过他。我只好参考八舅年轻时的照片，替他老人家画了一个像。

外祖父杨国颐，字仪臣，江西南昌人。曾任陕西巡抚文案（相当于现省长秘书），还做过安塞、神木两县的知县，延安知府，江南造币厂都办。

据大舅表弟提供的资料，杨家原籍广西灌城（现灌阳）。且外曾祖父杨龙（字竹卿）元配吴（太夫人）才迁居南昌。他原授□□为清朝的武官，后因有功被授

予文职，曾任广东龙川、博罗两县的知县，廉州知州（明清以知州为州的长官名称。知州有两种，一为直隶州知州，其地位稍低于知府；另一种为散州知州，其地位与知县的知州，其实际无区别）。

（廉州今属广西北海市管辖，清时属广东，辖区包括今湛江一带。

廉州又名合浦，《后汉书·孟尝传》："迁合浦太守，郡不产谷实，而海出珠宝，与交阯比境，常通商贩，贸籴粮食。先时宰守并多贪秽，诡说人采求，不知纪极，珠遂渐徙于交阯郡界。于是行旅不至，人物无资，贫者死于道。尝到官，革易前敝，求民病利。曾未逾岁，去珠复还，百姓皆反其业，商货流通，称为神明。"后以"合浦珠还"或"合浦还珠"比喻人去而复归或物失而复得。即现东此乃成语故典出于此。）

外祖父兄弟四人：国泰、国颐、国观，共同居住在一座大宅内——南昌西大院街8号。

我没有见过外祖父，现根据二舅元钧的照片，为他造像一幅。

也替外婆在她卧室靠窗的书桌上写字时作了一幅像。

外婆刘凤霄，是个极有传统教养的女子。她不会穿针引线，不会烧饭炒菜，但她作诗填词，谈吐文雅，待人温和。

外祖母善书法,字迹娟秀,笔力劲健,七十高龄,犹能写小楷,左图为她执笔作书时之照片,背面题有"淑懿存念——母字"。笔迹、惜原照片在"文革"期间被毁矣!

外祖父、外祖母生有四子一女:
长子元瓒(五舅)
次子元钧(八舅)(字竞赞)
三子元廙(十舅)(字淑懿)
女元珈(我母亲)(字淑懿)
幼子元吉(十三舅)(字易三)

(排弧内的排行是按照外祖父四个兄弟所生的子女来计算的)

外祖母刘凤霄在写字。此照片摄于1932年，时年74岁。(此照片是大用表弟提供的)

外祖母刘凤霄，江西南城人，出身于仕宦之家。

她的父亲刘维桢曾住广东恩平、石城、新会玉县的知县，肇庆府的知府。从政三十年，清廉爱民，造福多里，他说：

〔字颚赛〕

「吾作宰时，夙夜兢兢，惟恐邑事有弗理，常惧柱弗得直，贻吾□□，又说：『君子居下则排□，方之难□□上□则……』

母居长刘维桢、杨梦息□物之贤。他生育四子五女，外祖龙三公同朝为官，两家遂结秦晋之好。

她的诗词作品收集起来，取名为「刘桐荫阁诗集」自桐荫阁诗也。

（即外祖父杨国颐的父亲）

我幼时看见过外祖母。她身材不高，面目慈祥。母亲说她很文雅，特别善于和谐，诗填词作……

当时封建思想浓厚，男尊女卑的年代，流行着「女子无才便是德」这句话。她坚决主张女子应该和男子一样有读书受教育的权利。她的诗中有这样两句，说明她对后辈的教育开放和明智，对后辈的教育有极重要的影响。

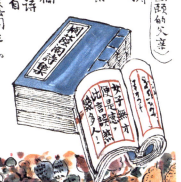

桐荫阁诗集

女子无才便是德，此言误煞多人！

外公与外婆的故事大多是十舅告诉我的。

外公的父亲名杨梦龙，本是广西灌城（现称灌阳）人，是名武将。清朝时，他因军功晋升官职，于是携家到南方来，在江西南昌定居。外婆的父亲刘维桢这时也在江西为官，两人相识相知进而结为儿女亲家。

杨梦龙有四个儿子：国济、国泰、国颐、国观。刘维桢有五女四子：长女凤霄、次女、三女、四女、五女，四子分别为凤起、凤锵、凤耒、凤岐。

外公他们四兄弟彼此友爱，虽然各人都成了家，仍然不愿意分开，还想聚居一处，朝夕相见。于是四人合资，在南昌西书院街买了一所大房屋，据说是明朝一位宰相的私邸。他们四人只买了宰相私邸的三分之一——居于中间的六进，共有房屋五十余间，还有一大两小三个花园——就已经尽够他们居住了。

外公出资较多，想必分得的住所位置更佳一些。在我的印象中，外婆的卧室是大厅中的东厢房，宽大又明亮。地上铺约四十公分见方的青砖，平整清洁，易于打扫。室外经过门廊，便是一个小花园。

既然聚居一起亲如一家，那么四家所生的子女，也就统一排行，不以小家为局限。就这样，我有了十四位舅舅和十位阿姨。

外祖父杨园颐世家简表

杨梦尤　吴太夫人

- 长子国济　妻孝○
- 次子国泰　妻吴○
- 三子国颐　妻刘韵蕙（凤霄）
- 四子国观　妻王○
- 女国　夫万○
- 女万静宜

元焕　妻蔡○
元澔　妻傅○
女大○
女大○
女大信

元德　夫李德隆
元熙　妻夏敬希
元驹　夫余天希
女元○
女元淑　夫夏敬慰
女蓉淑荃

元赞
元钧　妻刘绣君
妻卢美贞
妻吴○
元膺
妻万静宜
元吉　妻章玉玲
元珂　夫饶孝谦
女元芳　夫李镜波
元琛（莲姑）
元芳（新荪）
女大容　大勲

女大珍　夫徐仲芳
女大琳
大珊　妻王淑
大昌　妻冯荣英
大经　妻娄程
大松
大鲧　妻何苹
大年　夫余有怀
大芹　夫余有怀
女大用　妻唐丽丽
女大芳
大明　夫张卫鸟
大芹　夫李菊芳
女大润　妻李正平
平如　妻毛美棠
定如　妻罗镜明
寿如　妻崔丽珍
大薰　妻何仲荣
大鹏　妻欧阳肇萍
大倩　妻施惠文
大屾　夫宁克艳
大忻　夫宁克艳

外祖母刘凤霄世家简表

刘维桢　廖少夫人　黄太夫人

- 凤霄（韵蕙）（夫南昌杨国颐）
- 长女
- 女（夫南昌杨国颐）
- 女（夫南昌丰福治）
- 女（夫鄱阳张宝贤）
- 女（夫湘阴徐孝翰）
- 女（夫新建蔡道炳）
- 凤起
- 凤峨
- 凤铿
- 凤岐

鸣嫩（夫吴怀虎）
鸣益
鸣盛　妻李素英
高懋
高琳
高惧
高贤
女绣君（夫杨衡友）
鸣鸾（夫吴仲虎）
刘桃村
刘鸣升
刘鸣潜
刘曼倩

红线表示婚姻关系

南昌西書院街8號——楊氏家族的舊居（見後图）

書院街房屋原為明朝一位姓宗的宰相的相府。楊氏改购仅系相府的三分之一有的六进。约有房屋五十间，有一个大花園，两小花園。

每进厅堂悬四盏宫灯，式样各异，以大厅和供奉祖宗厅堂的宫灯景为豪华精致。厅内有六至八把太師椅。除大厅八把为紫檀外，其余均为红木。

大厅廊檐下高悬一匾，上書"無聞人家"四个大字，是外曾祖母吴太夫人百岁寿辰时由南昌地方政府上报中央，以大总统的名义颁发，蓋有中华民國大总统宝玺，大厅内东侧壁上有一镜框，内镶嵌大总统颁赠的褒扬状。金底黑字，红色大印。很有氣派。

外婆和毋親坐下来就讲广东话

小时候，母亲常带我和三弟寿如到外婆家去玩。她们母女俩一见面，就坐在外婆房里西侧的一张红木香妃榻上，亲切地用广东话交谈。我站立在旁，一句也听不懂。只记得经常出现"都米耶——"的声音。长大以后我去请教广东友人，他告诉我这是互相问候时说的话，大概是问最近在忙什么的意思。

还有一个声音为"晒棉"，我从她们的动作估计是洗脸。

她俩为何会用广东话交流，当时我似乎从未思考过。后来我回顾外婆的家世才明白，原来外婆的父亲刘维桢曾任广东恩平、鹤山、高要、石城、新会五县的知县以及肇庆府的知府，前后在广东从政三十年。外婆自幼随父母在广东生活，自然会说广东话。母亲的广东话，恐怕也是外婆教的。广东话对她们母女二人而言，是昔时母女间温馨的呢喃，永远牵动起往日情愫。

起初寿如还小，母亲只带我和定姐到外婆家去。我大概十岁那年，有一次和定姐二人正走在外婆房间外走廊上，那儿有一个小花园。大龢表哥看见了，他叫我俩停住脚步，背靠着墙。他则掏出一个照相机，对着我俩"咔擦"一声，拍下了一张照片。后来他把照片冲洗好了，送给我们。定姐一看，气得要命。原来，那时的照相机感光的速度很慢。我傻乎乎的，表哥说不让动就端立不动，倒拍出了一个正经的人像；定姐平日敏捷灵动，偏偏在此关键时刻，她的头部晃动了一下，照片上她的头就成了重叠模糊的几个头，五官根本看不清楚。她一怒之下，就把她的那部分

定姐和我的原始照片示意图

剪去半张照片剩下的我
时年10岁，人生中第一次上镜头也

影像剪下来丢掉了。幸亏她手下留情，我的影像却保留着。这是我人生中第一次上了镜头。

照片上我身穿长袍，加上一件黑绒背心。这是我的"礼服"。我们小孩子在家里有时可以穿短装，但出门做客就必须穿长的袍子，以示彬彬有礼。大人们除了长袍马褂外，头上还必须加一顶呢子制礼帽。这种瓜皮帽当时就已经有点过时，但老派的长者还是喜欢戴。妇女则一般穿旗袍，有的穿长裙。但我母亲去外婆家做客时总穿着旗袍，看来她不喜裙子。

除了平时母亲带我们去看望外婆外，还有许多特殊的喜庆日子也要去道喜和吃酒的，例如外婆的寿辰啦，八舅结婚啦，表哥结婚啦，以及这位舅舅新添了儿子，那位姨妈新添了女儿……凡

椅披和椅垫

此种种，对我来说只有两个字：吃和玩。那种热闹、吉祥、欢乐的气氛，至今忆起，尚觉有趣和眷恋。

长大以后，和大峥表弟闲叙，他对当年家庭聚会的印象更为深刻，且记述详备。和他聊天，读他的回忆笔记，又增添了许多我对往事的回忆。

据大峥表弟记述，外婆家过年祭祖与南昌居民有所不同，不在三十夜里，而在腊月廿七。腊月廿四小年后，祖宗堂屋中就挂上手绘祖宗遗像。祖宗堂屋、大厅、各进住房堂屋中的太师椅，这时都放上过年专用的红色呢制椅披、椅垫。这椅披椅垫我印象也颇深刻。

所有的房间，所有悬挂的宫灯都点上红烛，全家灯火辉煌。

祖宗神龛前点巨型红烛，供上三牲，上面盖上红色花样剪纸。叔伯辈着长袍马褂，女眷也都盛妆。外婆，据大峥表哥回忆，穿一条大红绣花裙，特别与众不同。年轻辈大多穿簇新学生装。

　　全家到齐后，祭祖就开始了。主祭的是大舅，三声磬后，大舅上香、下跪、叩首，同时敲铜锣、放鞭炮。然后就先男后女，按长幼顺序叩首。锣声待所有人叩首完毕后方止。

在祖宗堂屋内祭祖时的情景

女子的"万福"礼（右手压左手，
左手搂在左胯骨上，双腿并拢，
屈腰，微低头。）

叩首之后行跪拜礼。跪拜礼男女有别，男人作揖、下跪、叩首、伸直腰再叩首共三次；女人先行万福礼，下跪、叩首三次起身，不伸直腰。

祭祖完毕，外婆最高上坐，大家依次向她行跪拜礼贺年，也敲锣；然后男的作揖、女的万福、互相祝福。我们小辈就要辛苦一些，见到的大人都是长辈，都要磕头……一大家人全部到齐，沐浴在新年的欢喜声中，唯有一个人例外地不参加祭祖，那就是四外婆。

四外婆外表雍容，长得很体面，晚年却不幸。母亲告诉我，四外公任职于外地，履职期间突然病逝，噩耗传回家里，四外婆痛哭了整整一夜，次日就精神失常。

四外婆住于后院。我若想到后面的园子里去玩，必须从她的门前经过。我用余光偷偷看过几眼，见她蓬头散发，总穿灰色的布衣服，夏天时右手挥一把大蒲扇，坐在自家房门前的一把小竹椅上，口中念念有词，也听不清她究竟在说什么。我总是提心吊胆，蹑手蹑脚，在她面前缓步穿过后，便加速冲锋向前跑过去。

逢年过节外婆家那种喜乐的气氛，如今在我脑中印刻最深的一幕不是别的，倒是席散后众宾客辞别外婆，一大群人集聚在大门口，准备喊车子各自回家时的情形。

那时的南昌没有路灯。照明全靠自家点燃的大灯笼。所谓车子，黄包车也，旧时我们叫"东洋车"。每辆车的座下侧各点一盏小煤油灯以资照明。当宾客们聚集在门口候车之时，一群黄包车夫见生意来到，

外婆家席散後之送客回家圖

便蜂拥而至，口中急喊："去哪里？去哪里？"外婆家好几个年轻人这时早做好了准备，手持一叠兑换好了的零票子，将每一位宾客的家庭住址告知拉车者，略一还价，把车资先付了，然后招呼宾客上车，车夫拉车而去。人多车多，呼声此起彼落，灯火辉映，简直沸反盈天。我和弟弟只顾跟着母亲，在恬然自得的心境下目击这一派混乱现象，颇觉新奇兴奋。一会儿，闪来一辆车，"八姑！就是这辆！"负责招呼宾客的年轻人安排母亲和我以及弟弟三人上了车，对车夫说："到陈家桥八号！"又对母亲耳语："车钱已付过了。"车子就一路驰去。我记得依次要经过石头街、天灯下、筷子巷等街巷，然后安然回到家里，历时半个多小时。

外婆从来都是一个人在自己房间里吃饭，不和大家一齐吃。我当时年纪小，只想着玩，也没想到她房间里去看看她吃些什么——估计和我们大家吃的是不一样的啊。

外婆常常在她房中的书桌上写小楷，字写得极好。她曾送给我母亲一张她的照片，背面题词"淑懿 存念"，另一行题"韵骞时年七十四"。笔力秀婉，字体端正，把现在我写的小楷拿来和外婆的字一比，我自愧弗如。

外婆有时也打麻将，但只打四圈。外婆打牌时，牌桌四周都站立着许多小辈在看牌。这些人看牌都是带着任务的。外婆一边打牌，看牌的人便留心观察，有人拿到外婆需要的牌了，看牌者

众人陪外婆打麻将，十舅是"总导演"

便用手指在这些牌上轻轻点点示意，大家也就心领神会，在适当的时机将这些牌逐个放出来，让外婆顺顺利利地把想要的牌一一收入，率先定和，最后和牌所需要的那张牌，当然也总能"意外"得手。一见此牌打出，外婆喜逐颜开，把牌一摊倒，说："和了！"

众人故作惊诧之状，说："奶奶手气真好呀！我们都还没有定和呀！"这是一场大戏。为了逼真不露出破绽，别人也要和几副牌，给剧情增添些起伏。除了外婆，其余的人都是演员，而总导演便是在家负责照顾外婆的十舅。外婆只打四圈，四圈过后，外婆以赢家的喜悦心态离开牌桌，笑呵呵地由众人簇拥着，回到她的床上去睡午觉。大家还笑着说："奶奶！今天您累了！早点休息，明天我们再来和您打牌！"

外婆牙齿很好，听母亲说，外婆七十岁犹能自己啃甘蔗吃。

外婆享年七十多岁，不到八十，因为我记得没有参加过她的八十寿庆。她生病那年，我曾随母亲数次去看望过。这时，在上海的十三舅和舅母也带了一大箱的贵重药品来到南昌。外婆卧床，十三舅探身帐内，给外婆听心脏，诊脉搏。床前围立着许多人，大家屏息静默，神情严肃，我也站在离床不远处呆看着。但外婆最终还是不治。还记得十三舅曾悲伤地说："我在上海救了无数病人，却救不了自己的母亲，岂不痛哉！"

外婆的丧事办得很隆重，灵堂设在家中大厅。我还记得前来拜祭吊唁的亲友宾客甚多，送的挽联厅里挂不完，便延伸到厅外的走廊两侧，满满垂挂着白得像雪的布条绸带。

我母亲在自己家排行第四，但按外婆家所有女孩总的排行算，她是第八。外婆家的门房叫老李，他原来是跟随外公的，人很忠

定姐严厉制止我学"结巴子"讲话

实，是个"结巴子"。每次母亲带我和三弟一进大门口，老李就赶紧走出他的小房间，向大厅方向奔去，边走边喊："八，八，八——八小姐来了！"我一听觉得好不有趣，回家后便也学着玩，喊着"八，八，八——八小姐来了"。谁知好东西难学，学坏可真容易，只有几天工夫，我居然也变得口吃起来，一开口总要重复好几个词儿。幸亏定姐发现得早，立刻严厉指出，又监督我改正。我于是放慢语速，逐步自我纠正，大约一周光景，我才渐渐恢复正常状态。

老李除了做门房以外，当然也做些琐细杂事。八舅在家时，外界有许多人求他的墨宝，润笔也可观。某次有位地方名士去世，家属请八舅书写墓碑和墓志铭。八舅写字不用现成墨汁，必须用好墨以人工在砚池里研磨成汁方可。这个既单调又费时间的活儿，就由老李来承担了。墓碑和墓志铭写毕，此次八舅收到一千元大洋的润笔费，分给磨墨的老李十元大洋。老李收到后喜逐颜开。十元大洋在当时颇为值钱呀。

一九四九年以后，十舅去了上海。西书院街八号老宅这样聚族而居的生活随之消散。大舅、十舅、九姨、八舅、十四舅……各房分了家，各自置了自己的房产。西书院街八号据说成了国家储存粮食的仓库，再后来就拆掉，改建成了现代楼宇。

我的五舅名杨元瓒，很早就去世了。母亲和十舅都对他的事闭口不谈，可能是伤心事不忍去多提。把这些伤心事告诉孩子们又有何益？我对五舅一无所知。

我在外婆家只见过五舅母。她身材修长，脸上呈现黄而带黝黯之色，终年穿着一件棕黄色的旧旗袍，没有穿过其他颜色的衣服。头发剪短，不是当时女性常见的发髻。她手中老是夹着一支香烟。每当母亲来到外婆房间，她也会到房间来和母亲寒暄数句。母亲教我走近她喊一声"五舅母"，她略作反应，面无笑容，也从来没有跟我说过一句话。

现在的我完全能理解她的苦痛：早年丧夫，又无子女，看见别人母子亲昵，联想到自己孤苦伶仃，能是什么心情呢？我凭儿时的印象，给她画了一张像。

战争期间，舅舅、姨妈们各奔东西逃难。听说她回到了湖北某个县城的娘家，不久病故，身后萧条。九姨夫闻知噩耗，告诉了十三舅。十三舅赶往湖北，为这位寡嫂办理了后事。

二〇〇九、六、九、平如

五舅不幸早逝，但我见过五舅母。我幼时的印象是：她身材修长，肌肤稍黑，常穿深褐色旗袍，而香烟不离手。

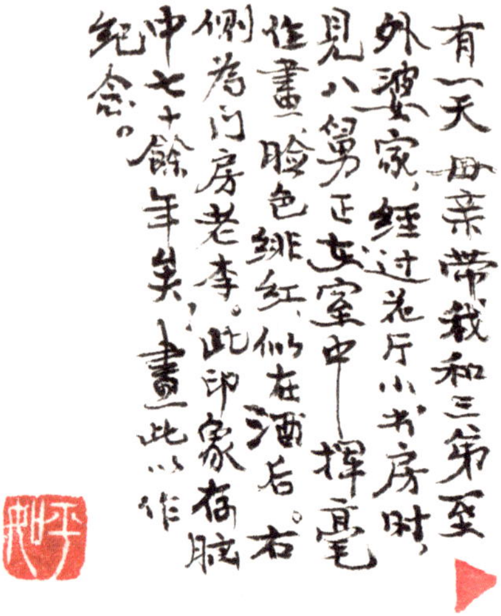

有一天，母亲带我和三弟至
外婆家，经过花厅小书房时，
见八舅正在画室中，挥毫
作画，脸色绯红，似在酒后。右
侧卷门房老李，此印象犹在胸
中七十余年矣。画此作
纪念。

八舅名杨元钧，字衡友。他言谈诙谐，精于书画，嗜烟酒，喝酽茶，是位艺术家似的人物。外婆家在大院子前面有个小花厅，其右厢房就是他的画室。有时母亲带我进外婆家，在这间房内，我常见他在画画或写字。

他见了我们只是微笑点头，并不停笔，因为这也许是灵感来到之际，或是用笔正酣之时，关键时刻，岂能立即刹车？他必须尽兴挥洒，才能得到满意的作品呀。

　　八舅是当时南昌颇负盛名的书画家，在多所中、小学兼任国文、习字和美术教师。早年他与刘绣君女士结婚，生有二子：长子大稣，次子大年。舅母去世较早，八舅丧偶多年一直未续弦。

　　大稣表哥是个聪明活跃的人物。他中学毕业后来到上海，就读于上海光华大学。每到学校放假回到南昌，他总要带回一些新事物，我人生中第一张照片就是他用上海带回来的照相机照的。

他还带来一架留声机和数十张唱片，唱的有京剧、昆曲、流行歌曲等，我听了均无兴趣。只有一张叫"笑片"的，定姐和我都非常欢喜。

笑片好像是张外国唱片，开始时，叽里咕噜讲了几句外国话，接着便是一家大小、男女老幼的欢笑声："哈哈哈哈！哈哈哈哈！"……各种各样的笑声，实在难以描述。一会儿，又听得叽里咕噜讲几句外国话，接着又是"哈哈哈哈！哈哈哈哈……"一阵阵众人的欢笑声。外国话和中国话不同，但笑声总是相同的，笑声把我们也引笑了，我们也"哈哈哈哈！哈哈哈哈……"地跟着笑个不停。笑就是这张唱片的全部内容。只要外婆家放留声机唱片，定姐和我都吵着一定要放一放这张"笑片"。

大稣表哥还带来了新潮的杂志例如《良友》，带来叶浅予先生的漫画集如《王先生》《王先生和小陈》《小陈留京外史》等。这些漫画我都看得懂，也很喜欢看。

抗战期间，大稣表哥投笔从戎，进了黄埔军校第十五期，毕业后分配到湖北第六战区陈诚部下，在对日军作战中负伤。一九四九年后他去了台湾，以书画自娱，有"将军画家"之称。八十年代，大稣表哥在台湾去世。

在外婆家,大鳞表哥开留声机放"笑片"

2009.11.9.平如 平

十三舅和舅母在上海開办大德医院，請八舅书写此四个字。八舅用碗口粗的毛竹作筆杆自制了一支毛筆，在地上鋪了四张四尺見方的黄纸，用这支毛筆写下了大德医院四个擘窠大字，这是他最后一次施展绝技，也是他的绝筆。

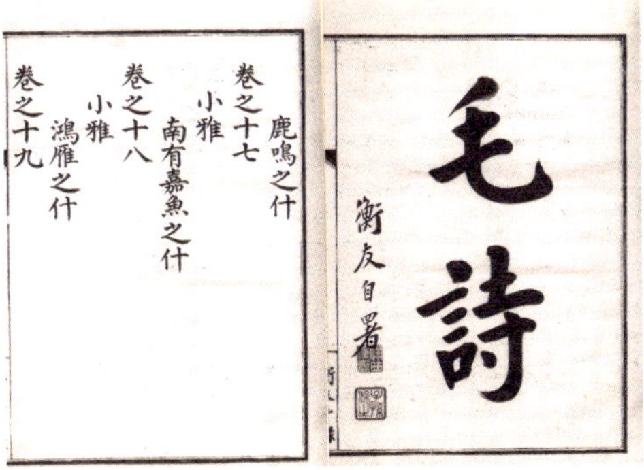

毛詩

衡友自署

鹿鳴之什

卷之十七

小雅

南有嘉魚之什

卷之十八

小雅

鴻雁之什

卷之十九

八舅的書法

八舅后来在工作中与卢美贞女士相知，婚事很快就定下来。结婚时，母亲还带我们姐弟去吃喜糖。

我记得新房布置得很雅致。大床的上方及两侧均有雕花木板，木板上有形状各异的镂空。八舅在这些或方或圆的镂空里，用白色宣纸手绘了各种花卉，衬托起来，犹如各色镜框，看起来秀丽雅致，好像进了一座美术馆一般。

八舅母卢美贞出身望族，自幼聪慧。当时南昌已经创办女子学堂，但人们还是不太愿意送女儿上学。创办学校的金振声校长便到处打听，如果知道谁家有学龄女孩就亲自登门动员、劝说。终于在金校长第三次登门时，八舅母的父亲下决心送女入学，那时的八舅母已是十四岁的少女。她天生聪慧又有家学基础，只用

同学们打趣说："你是金校长
三顾茅庐找来的高材生呀！"

2009.11.10.平如

八舅喜吃牛肉,赣州最大的清真饭店叫一层楼□,他和舅母带着大峰、大忻常去,光顾。大僖太小,孝廉说,今天你们乖,我给你们炒芙蓉蛋吃。

大峰、大忻也没闲。八舅僖就平了,刚出大门,大僖便哭喊着,撵之晃地追了出来,这次没有去成。

八舅、母与大峰、大忻、大僖合影,四照,摄于一九三六年一秋。

了三年便以第一名的成绩从高小毕业，升入女子师范本科。五年后又以第一名的成绩毕业，留在附属小学任教。

八舅与八舅母有四个孩子：大峥、大忻、大僖、大鹏。一九三七年战争爆发，八舅和八舅母全家逃难到赣州。

一九三八年夏，赣州流行"登革"，大峥表弟曾染此症，幸经医治痊愈。秋天，赣州又流行猩红热，大峥、大忻、大僖相继发烧，后经打针相继治愈。但不久八舅开始高烧，请了一位"儒医"来治。八舅服他的药后，病情反而加重，不久病故。

八舅母强忍悲痛，接受了省立女中附小的聘书，担任小学教师之职。由于日军侵犯，学校也无定所，在赣南农村颠沛流离五六年。学校和教师宿舍均设在农村祠堂中，每到晚间，在昏暗的桐油灯下，八舅母批改作业，大峥表弟、大忻表妹复习完白天的功课后，八舅母教大峥诵读《古文观止》，大忻则读《幼学故事琼林》。表弟和表妹在他们坚强的母亲的照顾勉励下，度过了一个又一个战乱年月、荒村祠堂的读书夜，日后都有所建树。

一灯如豆，八舅母卢美贞在
督促、教育子女们做功课

十舅名元康，幼读诗书字也写得好，七七事变西七七院衔生活期间他主持家政负责照料外祖母。由于他和十舅母未有子女，送于中年再娶一妻室。姓吴名蕙娱，生有二女大蕙、大芹。

2009.6.9. 平如

右十舅母住上海。大蕙嫁男流来沪，大蕙上武汉钢铁公司任总工程师。大芹则左安徽淮南某许量局工作。

十舅母名万静宜，幼时不慎，一面部为开水泼伤久治未愈，留下右颧部堆状的红色瘢痕，造成她终身憾事。她身材瘦小肤色白晢，性静气极其和善诗书满腹，常与我母亲吟诗唱和蔼好胸中郁闷。

此为大蕙、大芹幼时所抱之照片，十舅送给我母亲一张。而一真能保留到现在堪和难得了。

十舅名杨元赓，字尧赞。我小时候与他见面的机会最多，因为八舅后来在赣州，十三舅长住上海，只有他一直住在南昌西书院街，负责侍奉外婆，主持全家事务。十舅谈吐文雅，脾气温和。他的字写得也好，只是不会画画。十舅懂得会计，曾在税务局工作。

十舅小时候由父母之命，与十舅母万静宜结为夫妻。万静宜身材瘦小，腹中甚有文才，但右部脸颊有一大片红色凸出的斑块。我曾问过母亲这是什么原因造成的，母亲告诉我，是十舅母在小时候不慎被开水烫伤脸部，皮肤变形以致如此。

十舅与十舅母婚后无子女，后来又娶了一位侧室吴萱娱，我称她为姨舅母。她生了两个女儿：大薰和大芊。十舅母帮助姨舅母照料两个小孩，一家人生活尚称融洽。

一九四九年后，十舅来到上海，在十三舅所办的大德产科医院分院担任会计。此时，女儿大薰已在武汉大学毕业，次女大芊也在江西成家。

一九五八年初，十舅在上海去世。八十年代，大薰表妹和我以书信往来，后生病离世。我没有十舅和舅母的照片，只能以画像代为纪念。

十三舅名杨元吉，字易三。他是外婆最小的儿子。

外婆是个读书明理的人。在她那个年代，外婆就对女性的处境与命运极为关切。她曾在诗中写道："女子无才便是德，此言误煞几多人！"

外婆也看到当时妇女生育时的痛苦。土法接生不知害死了多少妇女和婴孩，外婆常常为之叹息。

在外婆的影响下，十三舅自小就萌发了要解除妇女生产之苦痛的念头。

一九一八年九月，十三舅以优异成绩从江西南昌第一中学毕业，经南昌一中保送，省政府出资来上海攻读国立同济大学医学院，十三舅选择学习"妇产科"，学制七年。

一九二五年，十三舅毕业后，先留在同济大学任教，同时兼任宝隆医院（即今长征医院）的医生。

在那里，十三舅认识了护士章玉玲女士。十三舅鼓励章玉玲女士放弃护士工作，继续深造，而她埋头苦学，终于也考上了同济大学医学院，成为该院首批招收的两名女生之一，于一九三三年毕业。

十三舅小时候就已和某家之女订了婚，还赠过聘礼。这时，他便禀明外婆，希望能解除从前的婚约。思想开明的外婆果断地同意了。

一九二九年八月，十三舅杨元吉和舅母章玉玲结婚。婚后，他俩先在上海成都北路修德新村四百八十三弄八号开设了一家妇产科诊所，经营得很好。到一九三七年，十三舅夫妇得知在新闸路江宁路口有一家坐落在二层洋楼里的医院因院长病故面临破产，他们就接管了这家医院，改名为"大德医院"。

上海大德产科医院外景

"大德"二字取自《易·系辞下》："天地之大德曰生。"大德医院开始营业了！围墙上巨大的"大德医院"四字，黑底白字，是八舅杨元钧写的。

院内有青翠的树木、鲜艳的花朵，过道后面是优美的拱形门庭和褐黄色的医院主楼。产妇的病房分为特等、头等、二等、三等四种，可供经济条件不同的人们选择。对当时社会上收入低微的家庭，大德医院发放"经济安产券"。如一名妇女在怀孕以后，购买十元钱的"经济安产券"，就可以享有包括产前检查、平安接生、难产手术、产前催生针、产后止血针、临产医药材料、七天房间费、七天膳食费、产后探望，以及一年的妇婴卫生顾问在内的所有服务。如产妇不愿住院，可购买仅五元钱的"平民安产券"，也能获得平安分娩的保障。还有一些家庭贫困无力支付的产妇，由当地的慈善机构"普善山庄"出具证明，医院可以免费接生。

十三舅觉得，要改变旧社会普遍的老法接生状况，非一己之力所能办到，必须多多培养这方面的人才。于是，他创办了一所大德高级助产学校，校址就在大德医院主楼西面，新盖另一排楼房，用作教室和宿舍。学制为三年，两年学理论，第三年起到大德医院实习。

大德高级助产学校一直办到一九五六年，培养了数千名妇婴卫生工作者。

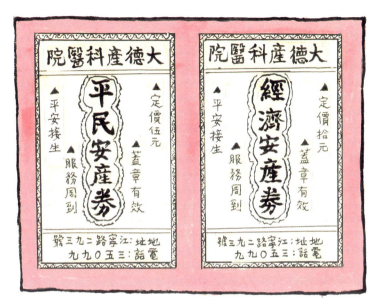

大德医院为照顾经济困难的产妇
而设置的两种"安产券"

　　受外婆的影响，十三舅又决心要为女子受教育方面做一点事情。于是，他在静安寺愚园路创办了一所仪韵女子中学。这是一所初级中学，有十几个班级。十三舅自任校长，并设立仪韵奖学金，资助那些家庭贫困但学业优良的学生。学生毕业后，可报考大德高级助产学校，成绩优秀者可免予考试。

上海大德高级助产学校外景

　　还在医学院执教期间，十三舅就编著了《生理胎产学》《病理胎产学》两本书。一九三三年和一九三五年，他又翻译了上下两册的《袖珍各科诊疗大全》。一九五三年，编著了《中国医药文献》。一九四一年，十三舅创办了大德出版社。大德出版社除了出版图书外，还创办了一本月刊《妇婴卫生》。这是中国第一份以保障妇婴健康为宗旨的读物。

（1945年~1956年）　　　　（1956年~1958年）

《妇婴卫生》月刊的封面

　　后来，我与表弟表妹们聊天，表弟表妹向我回忆他们与父母相处的往事片段。我把他们的回忆也各录一则在这里。

　　大用表弟七八岁时，有一天清晨，躺在床上，呆呆地瞪着窗边。十三舅醒来，问他在看什么，大用说看到一个小飞虫在阳台边，垂直向上飞，又掉下来，最后终于飞到了屋檐外。十三舅当即对大用说，人也像这个小飞虫一样，经常会有困难，经常会有失败，但只要不断努力向上，最后总会自由的。

我看见一只小虫向上飞飞又掉下来

1. P116—P120图注中的"我／我们"指我的表弟表妹。

母亲只是在儿童节那天才带我们出去玩

大芳表妹告诉我，十三舅母每天早出晚归，时常半夜里还要去出诊，只是旧时四月四日儿童节那天，才会抽空带他们去南京东路的儿童商店采买玩具和衣服。

　　大芹表妹在家中最小，白天父母上班去了，哥哥姐姐上学去了，剩下的就是大芹表妹、女佣阿妹和厨师彭师傅。家中的花园是她的乐园。白杨树、冬青树、凤仙花、美人蕉、蚱蜢、蚯蚓、蟋蟀……都是她的伙伴，即便如此，有时她仍不免寂寞，于是扒在大铁门上，从门缝里观看门外在人行道上玩耍的小孩。他们都是附近平房里穷苦人家的孩子。有一天，一个小女孩大胆地向表妹说："让我们进来，在花园里面玩玩，好吗？"晚上，表妹把这事告诉了舅母。舅母爽快地答应了，还教导了表妹待客礼仪。舅母自己则叮嘱家里的彭师傅，在大冰箱里准备好足够的赤豆冰块给孩子们吃。此后，每周日下午，附近的孩子们蜂拥而入。他们先把赤豆冰块一抢而空，然后到花园草地里嬉闹、奔跑、游戏，一片欢笑。

华山路
1136

母亲欢迎邻居小孩到我
们家的花园里来玩

一个陌生人的声音,使我摸不着头脑

五十年代,大明表弟已经在念中学。一天,也许是天意吧,大明表弟突然觉得想家。于是找到学校的电话,拨通了家里电话。接电话的是一个粗重、陌生的声音:"现在不准打电话!"说完就挂断了。

大用表弟心知有异,赶快跑回家。还没到家门口,就看见十三舅穿着蓝色的中山装,被两个便衣带上汽车……

他们一家被勒令搬出华山路的别墅,住进以前在成都北路修德新邨的老屋。艰难的岁月里,舅母以微薄的工资支撑了全家的生活，直至平反昭雪。

十三舅与舅母一生孝敬父母，关怀后代，支持亲友子侄的求学，资助同乡的生活，关心平民尤其是妇女与儿童的境遇，又尽己所能为国家和民族奉献力量，曾捐款支持抗美援朝、支持修复长城，捐献珍藏古籍数千册。在巨变的时代里，他们做了一个中国知识分子可以做的一切事情，是我很敬重的人。

一九八四年，舅母病故，享年七十六岁。一九八八年，十三舅病故，享年九十岁。

祖上旧事

玄祖父饶一夔，我对他的了解全从《江西省通志》中来。据通志记载，他"修干长眉，声如洪钟，性恬淡，不慕荣利"，平生收藏了许多奇书、名画、法帖、古砚台，为避太平天国战祸，举家迁往他处，避难途中他只带走字画，其余财物都弃之不顾。于书无所不读，从通志描述来看，一夔公应是一位读书通达、能写善论之人，持论公允，能切中时弊，不牵强附会，不主宗派之说，诗兼唐宋之长。读书之外，也懂得养身健身，曾去皖地游玩，据说七十多岁时，登故乡的麻姑山还能健步如飞。享年八十，所著有《禹贡辑注》《叠石山庄诗文集》《经义粹编》《史家撷闻》《宏湖别墅类钞》《法帖集评》《砚谱》《瓯雪斋笔记》《销寒录雅》等。

玄祖父晚年在家读经、收徒、授课，我依想象绘制了一幅《宏湖读书图》。

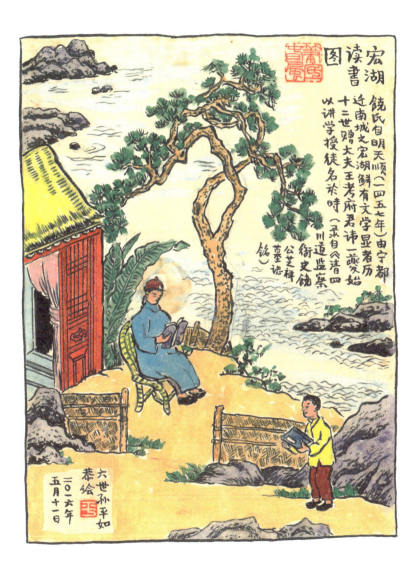

宏湖读书图

饶氏自明天顺（一四五七年）由宁都迁南城之宏湖鲜有文学显者历十二世赠大夫王考府君讳一巅爰始以讲学授徒名於时

（录自《潜四川道监察御史饶公芝祥墓志铭》）

大世孙平如恭绘
二〇一六年五月十一日

　　玄祖父饶一夔生有二子：长子名学坡，字伯苏，号嵋生；次子名旬宣，字仲文，号崧生。关于高祖父饶学坡的故事，我的祖父饶芝祥曾写过一篇《先大父嵋生君事状》。如今我将其中二三事也画录在这里。

　　咸丰年间，当时太平军已遍及江西全省。南城很快就有被攻陷的危险。高祖父饶学坡当时侍奉着老父，带着家中全部藏书，搬到乡间深山中居住，仍诵读自如。建昌府的知府以及全城士绅都认为饶学坡为人沉静而有毅力，办事干练，便写信请他出山，为乡里做事。

　　饶学坡回到建昌府治，协助办理"团防局"的事务，提出一些建议，但主办者不予采纳。他考虑到南城守备虚怯，防御力量太差，建议派人到省里去，要求增派援兵，又受到阻挠，未能实施。饶学坡怀着忧虑和不满的情绪，告假回家。这个"团防局"也就瓦解人散，不了了之。

　　不久，太平天国军队果然来了，占领了南城。继任知府黄鸣珂看见城中一片混乱，需要积极料理善后以及今后如何加强守备等事宜，便又写信，派人到山中邀请学坡前来县城商议。饶学坡婉辞不去。

　　这个时期，南城城乡已经庐野为墟，凡是靠教书授徒为生的塾师们都失业了。饶学坡只有亲自操锄灌园，以求生活自给，但因家庭人口众多，常常入不敷出。饶学坡无奈，只好到住在附近的亲戚、朋友家里去借米。去的时候带着一个空的布袋子，借到了几升米，把米装入袋中，用绳子将袋口捆紧，背负着米袋走数十里路，山路崎岖，颤巍巍地走着走着，很晚才回到家中。肩上的肉已经红肿隆起，筋疲力尽，其艰难生活如此。

南城是通往福建的必经之地，咸丰十年（一八六〇年），太平天国军队又由抚州、宜黄两地分数路兵马奔袭南城。此时，建昌府的知府仍然是黄鸣珂，他见情况危急，再度写信给饶学坡以及同乡数人来城商议办理团练和保卫乡里的事宜。学坡推辞数次都不成功，只好应允出山。他答应负责募集、操练东路的团勇，以阻挡太平天国军队的攻势。于是学坡来到县城，募集到乡勇数百人，命令他们先到硝石（地名，在县城之东约四十里）集结，而他自己仍继续在城乡中招募。

次日，他与另一位同事又募集到数十人赶赴战场。一行人行至距离硝石十余里的地方，忽然与太平军狭路相逢。此前，郡城中的官军营曾经丢失过数十件号衣和旗帜，太平军借此伪装成官军，已经侵袭过几个村寨。这些事饶学坡因当时在招募兵勇而不知情。

与太平军相遇之时，两军之间有条小河，饶学坡觉得有异，诘问对方来路，太平军报上了官军某字营，说是巡哨。饶学坡警告对方道："汝曹即巡哨者，姑止此，勿径渡。径渡吾必以砲碎汝颅矣！"

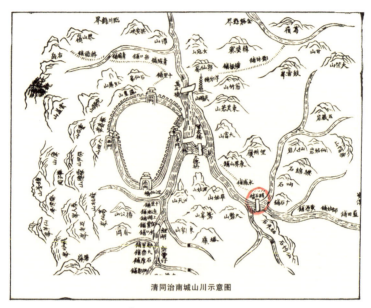

清同治南城山川示意图

硝石的地理位置

　　太平军隔岸望见对方只有几十兵勇，后继无人，于是挺矛跃马，杂逻麇至。饶学坡开枪轰击，但枪响了一发后就哑火了[1]。太平军声势浩大，挥舞刀枪而来，饶学坡与同事二人被执。

1. 根据祖父饶芝祥叙述，"先大父手发枪轰击，未再然"——说明当时学坡手中尚持有需用火来点燃导火索以发射子弹的简易短枪。"未再然"是指第二次点火时未着火，亦即子弹并未射出。此解未知当否？

饶学坡被幽禁在一家旅馆楼下，他的同事则被幽禁在楼上。到了半夜，同事听到饶学坡长叹："我饶某本意要杀贼报效国家，怎么想到生平之志终结在这里啊！"叹息再三，归于沉默。次日遇害，时年四十有三。

太平军恼恨高祖父不降，竟纵火焚尸，把馆舍也一并烧了，大火腾空数十丈。与高祖父同时被抓去的同事因为找到一个认识的太平兵，伺机逃脱，后把此间经历详细告诉大家，高祖父学坡公的这段故事才得以流传下来。

南城乡勇与太平军在河边遭遇

高祖父饶学坡有三个儿子，士瀛、士翘和士端。士瀛公就是我的曾祖父。高祖父殉难时，士瀛十九岁，士翘六岁，士端两岁。

太平军撤退之后，士瀛得知父亲遇难的消息，立即出门寻找父亲的尸体。亲戚中有位姓邓的长者，素有胆力，急忙追赶上去，陪同士瀛到城郊一起去找。在阴霾重重的郊外，但见尸首遍地，从晚间一直到天亮，士瀛点着灯烛，一个个仔细辨认，终究无所获。

于是他俯伏在地，大声痛哭。这时逃脱的同事那里带回的话渐渐传开，于是有好心人告知他事情详细经过，他才知道，父亲遗体也已在硝石街上馆舍中被焚成灰烬了。

此时，一夔公已六十七岁。士瀛回家哭着告诉母亲说，这事断不能给祖父知道，祖父年老，恐怕老人伤心。

事情没过多久，士瀛刚补县学生员，太平军又来了。建昌府的官绅们仓促商议守城之事，决定每户人家有男丁者，要抽派一人守城。士瀛由于父亲被太平军杀害，心中愤怒，要为父报仇，便决心自己前往守城。这年正值"甲子大疫"（一八六四年），士瀛身体素弱，又满腔悲愤，很快就染上时疫，竟致不起。家里天崩地裂，雪上加霜。

这时，士瀛的独子芝祥只有四岁。士瀛的三弟士端，只有六岁。家中仅靠婆（士瀛之母，姓张）媳（士瀛之妻，姓蔡）两位寡妇相依为命，苦苦地撑住这个家。婆媳二人无间寒暑，不分昼夜，纺绩不辍，或为人做点针线活，以此微薄收入养活全家。

太平军纵火焚烧馆舍

士瀛在荒郊寻觅父尸,毫无所获

一夔公终于还是得知此事。他年虽老迈，精神尚可，强为自解，说："吾饶家子忠孙孝，其后必昌！"

于是他在农舍中开课授徒，其中也包括孙子士翘、士端、士腾、士超和曾孙芝祥。茅舍简陋不堪，左边檐下是鸡笼，右边檐下为猪圈。

终于不负老人一片苦心，当年在农舍中读书的五个孩子日后都有所成就。当时南城乡里也无不知晓我们家"两代五进士，三翰林"[1]，是为一时佳话。

我还未出生，祖父饶芝祥就已经逝世。我的脑海中，本该没有他留下的痕迹。但在我小的时候，我的父亲常会对我讲些祖父芝祥公的幼年苦读故事，我至今不忘。

---

1. 意思是，在两代人中，有五个进士，其中三个是翰林。他们是：饶士翘，进士（1898年）；饶士端，进士（1892年）翰林；饶士腾，进士（1889年）翰林；饶士超，进士（1891年）；饶芝祥，进士（1894年）翰林。

一夔公在简陋农舍里讲书授课

　　祖父两岁时，他的祖父饶学坡为抵御太平军而牺牲；四岁时，他的父亲饶士瀛也在太平军的兵乱中因病去世，依靠祖母和母亲纺纱维持生计，后在他的曾祖父一夔公教导下读书识字。彼时生活清苦，父亲同我讲过两个故事。

　　第一件，叫"升筒夹豆子"。

　　那时，吃饭的时候，没有下饭的菜，只用一把黄豆炒熟了，放在升筒里。每口饭下去，自己就用筷子往升筒里去夹，只限一次，

幼年的芝祥用"升筒夹豆子"的方式吃饭

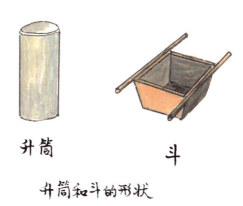

升筒　　　　　斗

升筒和斗的形状

大家轮流。所谓升筒，是从前人们用以量米的量具。以粗的竹子取其一段，留一节竹节作为筒底，其上则打通，高二十公分左右，四周打磨光滑。用以量米，把米装满了，刮平，就称为一升。十升为一斗，斗呈方形。

从前，贫穷的人买米一般只买几升，经济稍许好点的，可以买个一两斗，故有"升斗小民"的说法。豆子放在这种竹筒里，看不见目标用筷子去夹，谈何容易。运气和技术都好也最多只能夹住一个，如果运气欠佳，一无所获，也只好罢了，吃一口白饭下去，满怀希望地等待下一轮了……用此方法，既可节省黄豆的开支，又可公平竞争以免小孩吵闹，乃是一举两得之事也！

油灯

祖父的第二个故事和灯烛有关。

从前人们晚间照明时，富贵人家用的是烛，也就是蜡烛。所谓灯烛辉煌、烛影摇红、秉烛夜游，说的都是有钱人家。穷人家照明只用灯盏。

灯盏系用一个铁制的架子，下有圆形底座，支柱之上，用一个小小的浅浅的碟状物，其中倒一点油（如菜油之类），再放几根灯芯，其上放一个缗钱压住以防它漂浮而起。这种灯芯是一种叫灯心草的茎髓，白色，极轻，它有吸附作用。用一根两根以至三根都随意，问题是根数愈多则光度愈高，也愈费油；根数少

平如恭绘 2016.5.3

共用一盏油灯,婆媳二人纺纱
芝祥在读书

则光度低，但可省油。《儒林外史》里面讲到严贡生临死时伸出两个指头说不出话但又不肯断气，就是因为当时房中灯盏用的是两根灯芯，他感到浪费，必须剔去一根才肯安心断气。这种灯盏一九三八年在抗战期间的南城老屋中我也用过，灯芯也一小束一小束地买过，价极便宜。

但祖父幼年时代，家中若买上一斤菜油来点灯盏照明，约定须用一年，节俭的程度可以想见。而况，就是这盏微弱的灯光，每每点亮之时，也必定是合家利用，婆媳二人就着灯光纺纱，幼年的祖父于一旁伏案读书。

科举时代，穷读书人唯一的希望就是能够一朝考取,金榜题名。

所谓金榜，凡是考取的进士，均写明姓名其上，注明是何处人——我想这大概是避免有姓名相同者，借此可资区别。那时并没有什么录取通知书可发，那么，人在外地的考生怎么办？有需求的地方就有新的职业机会，那个时候，就有一种以报喜为业的人，属于自由职业，组队行动。他们的工作内容是，只要打听到谁中了进士，是何省何县何乡人士，他们就立刻写好大红喜报，星夜兼程，把这个好消息，敲锣打鼓放鞭炮，送到人家门口来。这个时候，谁家不会喜逐颜开、酒肉款待、赠送红包呢？这个接待标准在当时社会上都有惯例，报喜的人除了确保可以赚回路费的成本外，还可稳赚一笔为数可观的银钱哩。不过需要说明的是，报喜还要讲求速度，如果赶在第一个登门，称为"头报信"，自然可得丰厚报酬，慢一点的，称为"二报信"，相比之下报酬就要少了……

且说光绪二十年（一八九四年），祖父芝祥中了"二甲第十三名进士"[1]，报喜队伍赶到村里，贴喜报，敲锣打鼓，放鞭炮……乡间平素哪里见过这般热闹场面？免不得鸡飞狗叫，互相转告。芝祥的祖母和母亲心花怒放，一面请报喜队伍进屋休息，一面走出后门向左邻右舍借钱——这个时候，借钱倒甚为容易，因为大家都知道，上了黄榜今后必定要做官的，做了官还怕你还不起钱吗？于是，钱借到手，便买酒买肉，招待这班报喜的人，还得向报喜队伍每人敬上红包，作为犒劳之资，真的是皆大欢喜。

在清朝，祖父先后担任翰林院编修及御史等职，承担草拟朝廷文件及弹劾官员等工作。

关于祖父，我所知道的最后一件事是他丁忧的故事。

《南城县志》中载："（芝祥公）曾奉命赴汴充顺天乡试同考官，不久又奉命典试湖北，未至。闻祖母丧，乃回故里。"关于这段芝祥公奉命典试湖北而中途丁忧回乡的故事，父亲跟我讲过一些细节，我也备述在这里。

御史唯一担任出外差使的机会就是做外省的主副考官（学台）。做考官是一件美差，因为做了考官，则这一届（清朝称"科"）

---

1. 在《平如美棠——我俩的故事》P27中，我误写成"第三名"，特在此更正。

报喜队来了,芝祥的母亲赶紧出去向邻居借钱

所考取的全部举人都成了考官的门生，全部举人都要奉考官为恩师，这无疑是扩充自己政治势力的好机遇。再则，出榜之后，全省的门生都要来谒见恩师。按照礼俗，谒见恩师岂能空手而来？不仅对恩师要礼敬有加，连恩师的一班随从人员，如文案人员以及差役人等，包括搬行李、抬轿子等等人物，都要打点。也因此，出任考官便成了许多御史乃至他的亲故、随从差役等十分期盼之事。

2018.7.6.平如

饶芝祥写奏折弹劾李莲英祸国
殃民，有十恶不赦之罪

芝祥公奉旨之后，便带领着一班人马，由陆路，坐轿子离京出发，向湖北省武昌前进。

正行在途中之时，芝祥公一位远房的、祖母辈的老太太年迈离世。事情一出，族人们即聚会商议，如何应付这次变故。原来，这事本在两可之间，老太太既然不是芝祥公的直系祖母，可以不往上报，不必耽误年轻人前程；但毕竟是祖母一辈，不报又恐被究欺君之罪哩。这时，有位族人就提出了一个妥协的办法，说是那就写封信去吧。信走得慢，而清政府对科举考试的管理十分严格，考官一进了学台衙门（即考官食宿及出考试题目之地），立即封门，严禁与外界发生任何接触，丁忧之信来了也与他无关了。

然而事不遂愿。族人中也有观念保守的人，力主不应写信，而应当发电报。此话一出，提议写信的人也不便多言，于是，丁忧的电报便迅速地发出去了。

接到电报的时候，距离武昌的学台衙门，还有最后三天路程。祖父闻此消息，默然无语。倒是随行人等，无不叹息烦恼。据父亲说，好些轿夫竟然失声痛哭起来……

平如荣绘
2016.5.3

在向湖北行进的途中忽然接到"丁忧"的电报

　　我虽未见到过祖父，却和祖母在一起生活了十余年，直到我十八岁离家投考黄埔军校。祖母早年的故事，我茫无所知。二〇一五年，我返江西探亲，在抚州与外甥朱国善相晤。他是我大姐舜华的长子。大姐比我年长十六岁，她年幼时听长辈讲过一些家中的老故事，又讲给儿女们听。现在国善向我转述了一个祖母年轻时的故事，我也把它记在这里。

　　当年，祖母生下第一个婴儿（也就是我的父亲）正在坐月子的时候，她的娘家突生变故——她的父亲（张公荣光）去世了。祖母的兄长们担心产妇会有精神上的波动，影响母子健康，就把这个噩耗瞒住了她。

　　当时依家乡风俗，如家有丧事，家里的子女、亲人都要在鞋子的前端，缝上一块小小的、长宽约三四公分的白布以示哀悼。那日，祖母的兄长有事来我家，在堂屋里晤谈，祖母眼尖，一眼就瞥见了这鞋端上的小白布片，心知有异，急忙把哥哥喊进房中追问。哥哥心知再无法隐瞒，无奈只好如实告知变故，并解释说明怕影响坐月子的她以及婴儿。然而我的祖母一闻此言，且悲且愤，责怪她的哥哥道："世上只有再生子女，没有再生父母！"一边说，一边竟双手捧起身边的襁褓中的婴儿，把它掷到地上……

　　她没有文化，不会读写，但她有在她那个时代里、在她的年岁上的信念，并且忠诚奉行。而在我如今看来，人生在世，先是

祖母气得把襁褓中的婴儿丢在地上

为人子女,随着岁月的推移,又要为人父母,两者的机缘是一样的,不必急于清偿。

也许是由于祖母的卧床比较低矮,也许是婴儿的襁褓裹得够厚实,也许婴儿的着陆点刚巧安全,也许是祖母抛下婴儿的时候手里多少怀了不忍……不管怎么样,这个婴儿,也就是我的父亲,此后的生长发育一切正常,也未落下诸如脑震荡之类的后遗症。

饶平如生平大事记 ————————————

一九四〇年　饶平如报考中央军校十八期一总队

一九四二年　母亲去世

一九四三年　饶平如军校毕业，入第100军

　　　　　　同年十一月，常德会战，第一次与日军作战

一九四四年　六月，衡阳会战

一九四五年　夏，湘西会战

　　　　　　八月，日本投降

一九四六年　春，回南昌与美棠订婚

一九四七年　农历八月中旬，与美棠成婚

一九四八年　离开军队，携美棠赴徐州

　　　　　　十月两人返回江西

一九四九年　与美棠动身去贵州谋工作，

　　　　　　从临川经南昌、衡阳、柳州到贵阳、安顺

　　　　　　十二月，安顺解放，回到南昌

一九五〇年　三月，为解决生计开面店

　　　　　　四月，长子希曾出生

　　　　　　八月，面店经营不善，关门

　　　　　　十二月底，全家赴上海，在大德医院和大德出版社任职

第二章

战争中

乱世命如蒲

一九三七年，抗战爆发。

那时，大姐、二姐俱已出嫁。大哥也已离开南昌，携家在峡江（江西的一个小县城）任地方法院的法官。战争开始不久，日机即连续轰炸南昌，因南昌有一个飞机场，为军事重地。父亲为安全起见，决定举家搬迁到故乡南城，因南城地处偏远，且故乡还有房子可住。彼时家中人口有祖母、母亲、姨姐、三弟和我。此外还有姑母一家需要我父亲照顾、做主。她家有女儿、女婿还有四五个小孩子。

抗战期间，全国各个地方都成立了"抗敌后援会"。南城县推举的抗敌后援会会长就是父亲。作为被推举的会长，为支援抗战而捐钱、捐物，总该身为表率。父亲在抗战期间除了自己捐钱捐物，还各处奔走，劝说亲朋好友及工商界人士捐钱捐物。我不知道这其中的准确数目，只知道在那个情境下，人人都觉得这是国民的义务，无暇计较个人得失。而我之所以补充这几句，也是想告知后代子孙，他们的先祖辈都是热爱祖国、热爱乡土的士绅。

一九三九年三月，南昌沦陷。六月开始，日军以南昌为据点，先后出动飞机轰炸南城、东乡、广昌等县数十次。这时，父亲又带领全家及姑母一家逃难到广昌，因广昌是山区小县城，容易躲避轰炸。

一九四二年六月九日，南城沦陷。日军入城后疯狂至极，杀人放火，无所不为。六月上旬，国军第79军奉命反攻南城。七月九日子夜，国军攻克南城。[1]

这时，祖母在广昌生病了。在老年人的信念中，要死就死在家乡，死在家乡尚有后代祭奠，有个鬼魂归宿，如果死在异地他乡，那就变成孤魂野鬼，到处游荡了。所以她一听说南城已经收复，就坚决要求立即回南城。人们都劝她，南城刚刚收复，城中破败不堪，且日寇在城中杀人达三千之多，尸首来不及掩埋，沟渠中血水横流，加上天气炎热，尸首腐烂发臭，已有瘟疫流行……千万去不得！祖母不听。

1 以上史料据《南城县志》P225～P229录入，夏春林主编，2010年，江西人民出版社。

　　父亲虽也知情，但对他来说"母命难违"，只有勉强同意。全家返回南城不到一个月，祖母病情加重，父亲、母亲也双双病倒在床，只有姨姐一人未染病。在缺医少药的情形下，唯父亲幸而好转，祖母和我的母亲相继离世。一时厅堂内停放着两副棺材，父亲身边缺少现金，借贷无门，只好变卖金饰，处理母亲和妻子的后事。

　　我所痛心的是母亲，她虽生养三个儿女，此时此刻却一个也不在身边：女儿远嫁贵州；我已在成都黄埔军校受训；三弟也在外读书。姨姐一个人要照顾三个病人，也非易事。母亲想必很孤独吧！她究竟怎样度过这最后一段病程？她揩身洗脸，吃饭喝水，该是怎样困难？心中对儿女的思念又该是怎样迫切？

　　母亲生于一八九三年四月八日，卒于一九四二年七月某日，享年仅四十九岁。

　　一九四三年春，我从军校毕业后，曾回到过南城，由此才知道家里一些事的详细原委，同时也听到了一些有关双喜的消息。原来，在一九四一年间，我们在南城的老屋"倚松山房"曾驻住了国军某部的一个运输排。那时的运输工具不是汽车，也不是骡马，而是人力推拉的"大板车"。这个排大概有五六十个士兵——也即是车夫。这个运输排的排长看中了双喜，双喜也愿意跟他。母亲并不反对，高兴地和双喜认为母女，也不索取这个排长的聘金（事实上也拿不出）。结婚时，母亲替双喜置办了一个箱子的新衣和物品，又赠送了一点金首饰。后来，据说双喜怀孕，却因难产而死。我闻之颇凄楚，毕竟我小时候她也替我做过不少事情啊！

抗战初期，大哥一家住在峡江县。日寇临近时，举家逃难。为免集体行动过于招摇，大哥想了个化整为零的办法，事先约好"集合点"，一家六口，各自分开，从小路逃难。大哥脱下长袍，换上乡下农民穿的短衣服。大嫂则把一些金首饰套在一根裤带上，缚在大侄腰间，大家各自凭运气……

且说大哥独自走的这条小路，途中正巧遇到了一队日军迎面走来。领队行走的那个日本军官看见中国人，拔出腰间所佩军刀就朝着大哥头上猛劈下去。大哥立刻头破血流，不省人事，倒在路边。日军认为他已经死了，插刀入鞘，一队人马就走过去了。到了夜间，大哥稍微苏醒，一摸头上，满头满脸是血，又顺手往右边口袋里一摸，说起来又该是天意了，里头恰巧有一包黄烟丝。黄烟据称可以止血，大哥就用这烟紧紧按住头部伤口，活了下来。一九四五年，大哥和我在南昌陈家桥家中重聚，大家吃午饭，大哥把头上的伤口显示给我看。他正好剃着光头，故看得很清楚，伤口约 1.5 公分长，可能是刀尖所伤，因为当时这名日本军官距离大哥稍远，否则后果可不敢想。

再说大侄走的这一路。他走山路，沿山脚而行。夜里天黑他走到一处人迹罕至的崖边，失足滚下，坠于山脚，昏迷过去，幸亏不是高山，人身未受重大伤害。待到第二天天明苏醒过来，腰间一摸，所缚的金首饰等却都不翼而飞矣。

大嫂这一路所幸平安顺利，一家人终于团聚到一起，虽然损失了财物，乱世中也不算什么了。

大姐永如很早就嫁到朱家，在抗战期间也曾逃难，但折腾相对比较小，因为大姐夫是公务员，一九三〇年时他担任建昌榷运分局二等雇员，一九三二年转为盐务稽查处任办事员。后来又由两岸盐务分处改为盐务局。战争期间，盐务局为避战乱也曾在九江、大庾、会昌等地辗转迁移工作地点。不过因为有盐务局统筹安排交通、住宿等，可以少受颠沛流离之苦，在抗战期间真是非常难得。

二姐定如嫁到罗家，姐夫罗镜明是浙江之江大学毕业的土木工程师，一直在贵州安顺工作。贵州地处西南边陲，以山地为主，加之天气潮湿，人称天无三日晴，地无三尺平。和南方各省相比，贵州谈不上富庶繁华，但在抗战期间，它却是一块风水宝地。不但日机不去轰炸，日军几乎也没有去过，最远打到贵州独山。那时日军也已是强弩之末，不久就投降了。

定姐一家因此没有受过离乱之苦，生活安定，如在世外。定姐生于一九一七年，二〇〇二年去世，享年八十五岁。

战争期间，三弟一直和父亲在一处生活。一九四二年间，父亲与姨姐曾去江西赣州住过一段时期，三弟就在那时投考邮政局业务员被录取，从此就在邮局工作。他性格内向，不善交际，但极爱钻研。业余时间，他自学英语，颇有所得，以此为乐。

一九四五年八月间，日本投降。父亲和姨姐回到南昌陈家桥，只租下厅东西厢房及客厅，上厅则由姑母一家居住。我小时候所住的西厢房后间已在战火中被毁，只改筑成一道墙与外界隔离。三弟住在下厅西厢房。大哥携家人回峡江地方法院工作。

此时，父亲当了省参议员，同时在他的老朋友曹朗初开的广益昌百货商场担任法律顾问。

一九四八年夏，三弟与崔丽珍结婚，同时父亲也和毛思翔姻伯把我和美棠的婚事谈妥，并写信要我回南昌来参加三弟的婚礼。当时我尚在国军83师63旅炮兵营当营观测员。接信后我请假回家，父亲带我到临川毛姻伯家"相亲"，与美棠正式定好盟约，并与她一起返回南昌。这时，大哥、大姐两家人都来相聚，除定姐远在贵州未到以外，全家有一段短时间的团聚。

　　就在这段日子里，某天，忽然来了一个意想不到的人——原来是老敖。老敖看起来也更老了，而面孔仍能辨识。他也谈了些战争时期的情况，我不甚记得，但他谈及荣发的景况我却记得。他说荣发在乡下被日军捉去，强迫他做挑夫，终日劳累，屈辱不堪。终于有一天，荣发随队伍挑担子经过一条河流，趁日军不备，跳河自尽，了却残生。

我们全家在听老敖讲别后的故事

一九四九年，全国解放。父亲仍留南昌，但不再有工作。他后来便向工商管理部门申请做文艺小摊贩，买了一些连环图画册，俗称"小人书"，租给孩子们看，每本看完后收费两分钱。

一九五一年，我定居上海后，每月寄十元钱回家，补贴父亲之家用。一九五二年临近春节之际，父亲来信说："你此月不必寄钱回家。可将此钱买一些新的连环画册寄来。"

我进入连环画书店的"书库"挑选图书

我打听到一家专卖连环画的书店，遂找过去，一进门果然看到书桌上及墙壁四周满目琳琅，陈列着各式新版本连环画。我又到后面仓库里搜寻，挑选出一大批古代历史故事、现代经典小说等连环图画，满满地装了一大纸箱，嘱书店代为邮寄。

接到父亲回信的时候已是春节后。父亲说书收到了，寄来那天正值小年夜，他非常高兴，给每一本连环画册外面都悉心加上一张牛皮纸，以作保护，又亲自用线将书装订得更为牢靠，亲自在每本小书的外面写上书名……忙了一天一夜。次日初一，这批新连环画展示出来，果然吸引了许多小观众，大家络绎不绝地争着看。信中还告诉我，这天收入了两元多钱……

父亲生于一八八七年九月，一九五六年十二月去世。享年六十九岁。

定居上海后，我和三弟有过一段短暂的相聚。

原来在一九四九年间，三弟即发现患有肺结核，经常咳嗽不止。虽然在南昌找医院拍过 X 光，也服过药，终未见效。一九五一年，他只身来到上海求医。我当时住在上海山东南路 8 号。他到我家住了一宿。次日我即带他到江宁路 293 号大德医院去看十三舅。十三舅为他安排治疗方案，先到 X 线专家邹仲那里去拍片子，然后到肺科专家钱医生处去就诊，说完，给钱医生写了一封介绍信交给我。那时，上海的一些医学专家都在市区的繁华地段开设私人诊所，我们先去南京西路平安大楼二楼找邹医生拍，诊费为人民币两元。拿到片子后我们又去找钱医生，记忆中那也是一幢西式房屋，收费也是人民币两元。病人不少，有二三十人，都站着挤在楼道附近及诊室门口。钱医生年约五十岁，站着看了看三弟在南昌所摄的 X 光片，指着某处说："这里老早就有病灶了！"又看了邹医生处所摄 X 光片，看完坐下来写病历卡，同时对三弟说："你的病不需要服'雷米方'，只要做'人工气腹'，我介绍你到闸北区肺科医院去做。你下次可不必到这里来。"当时有一种新的治肺结核的药问世，名叫"雷米方"，此药效果甚佳，但价格也贵。

长乐路上有一家邮电医院，那时全国的邮务人员来沪就诊均可入院，住院费可以向自己的原单位报销，只收伙食费。于是三弟便住入邮电医院。

"人工气腹"每周做一次。那天我骑了自行车到邮电医院，又唤了一辆三轮车让三弟乘坐，直奔闸北区。

我们到那里一看，这所医院看起来似乎是老式的居民住所，院门前一段用鹅卵石铺成的小路，两级石阶，除此一无他物。挂号处就在门前左首小间内。进入堂屋，右拐，就到一个大间，空荡荡的没有陈设，板凳都很少。里面候诊的病人有二三十人，一律站着等候。边上几间小房间大概就是做"人工气腹"的。所谓"人工气腹"，就是把空气注入患者腹腔内，腹腔因有空气而膨胀，从而迫使肺部受压而收缩，这样一来，肺部的病灶空洞即因压缩而变小甚至黏合在一起，病症也就痊愈了。轮到三弟做气腹时，只允许病人入内，我在外间等候。大约半小时或三刻钟左右，三弟出来了。我问他感觉如何？他说只觉得肚子轻微胀痛，但可以承受。

出院门我就喊了一辆三轮车，三弟坐上去。殊不知三轮车刚刚启动，没走多远，三弟即连声呼叫："停！停！停！"原来腹部满胀了空气的三弟，经不起一点点颠簸，稍有震动，即感到疼痛难受。那时没有出租汽车，三轮车已经是市民最方便乘坐的交通工具了，可三弟却不能坐。想了一会儿，我就让三弟坐在我的自行车座上，我自己扶着车把，缓缓推行。这样一试，问他感觉怎样？他说可以。于是我慢慢地推车前行，尽量避让路面凹凸不平之处，从闸北区肺科医院一路推到邮电医院，全程两个小时。

此后，每隔三四天我就会到邮电医院去看望三弟，陪他闲聊两三个小时，同时也带些家乡口味的餐食去，三弟很喜欢。每周，我喊三轮车送三弟至闸北区肺科医院，再以自行车推他回邮电医院，计有二十余次。半年之后，医院拍片复查，发现病灶已经完全愈合，三弟的肺结核给治好了！他高兴地回到江西邮电局上班了。

三弟生于一九二五年，二〇一一年在江西去世，享年八十六岁。

我让三弟坐在座垫上推着他回邮电医院

从军

　　抗日战争进入第三年之际，我时年十八岁，行将毕业于高中，目睹敌寇横行，国家多难，民族存亡，迫在眉睫；乃毅然弃文习武，往上饶投考中央军校十八期一总队，参加千百万有志之士的行列，奔赴抗日救国的最前线。双亲对我此行甚表赞许。离家之时，先父赋五律一首（其一），先母赋七绝一首（其二），作为临别赠言，以壮行色。诗中洋溢着爱子之心，报国之念；同时也包含着对抗战最后胜利的信心和未来幸福生活的向往。我亦慨然作诗一首（其三）以表决心。

　　诗是平凡的，但从中可以看出一个普通家庭在抗战期间的思想、感情和愿望。类似这样的家庭在当时是千千万万，反映着全国人民同仇敌忾，坚决抗战的民族精神。

其一

倭寇侵华日，
书生投笔时。
毁家纾国难，
大义不容辞，
封侯宁有种？
捣穴好旋师，
功成儿解甲，
宜室拜重慈。[1]

其二

明月高挂碧云天，[2]
报国丹忱志亦坚。
亲老不须劳尔念，
平安望寄薛涛笺。[3]

---

1. 中慈指祖母，投笔家时，祖母尚在世
2. 投考军校离家时，正值中秋节前后
3. 军校十八期一总队在成都受训，该地有"薛涛井"古迹

其三

碎裂山河恨难平，
东南处处有啼痕。[1]
十年磨砺青锋剑，
壮志何愁事不成？

---

1. 当时上海、杭州、武汉、南京皆沦陷。

在湘西

　　湘西会战又称"湘西雪峰山会战"，战事起于一九四五年四月九日，止于六月七日。敌军纠集六个师团及坦克、装甲等部队约二十五万人。我军动员六个新装备军（18军、26军、73军、74军、94军、100军），四个突击联队、两个重炮兵团，空军一个中、美混合团和两个轰炸机大队，共三十余万人。主要战场绵亘洞庭湖南包括常德、湘潭、东安、武冈、芷江、安化等地区，战线长二百余公里。

　　雪峰山脉素被称为"雪峰天险"，南北横亘，蜿蜒七百余里。其间重峦叠嶂，沟壑纵横，道路崎岖，是一道易守难攻的天然屏障。

　　当时我军的战略方针采取攻势防御，第一期作战，各部队密切配合空军轰炸，充分利用有利地形，发挥我军优势装备与火力，节节消耗和杀伤敌人有生力量。第二期作战，当敌人受到最大伤亡，进攻受挫时，我第二线兵团及时进出有利地区，断然采取攻击，配合第一线作战，将进入雪峰山深谷之敌军包围，并加以歼灭。

我军的部署如下：第74军守备新宁、武冈地区；第100军守备隆回、溆浦地区；第73军守备新北、邵阳地区；第18军守备安化、桃源地区；第26军守备绥宁南部至龙胜一线；第94军增援武阳及武冈西北地区。

四月九日至五月七日，为攻势防御时期，敌寇气势汹汹向我进犯，均遭到我军纵深既设阵地节节阻击。敌军每前进一步均付出大量代价，往往争夺一个要点，都要反复肉搏，几易其手，以致敌军前进非常迟缓，费时近一个月，于五月初才到达我雪峰山主阵地前沿。敌军兵员粮弹大量消耗，精力疲惫。我军则利用大纵深阵地节节阻击，诱敌深入，并组织偷袭部队，轮番向敌反击，敌人难以应付。

五月七日至二十日，是攻势转移时期。我方已知道日军攻势已是强弩之末，即全面发动反攻。18军由溆浦、新化方面南下，向日军右侧背邵阳、隆回展开攻击，直插洞口，截断日军退路。此时，我据守雪峰山东麓的第74军、第100军不失时机全线反攻。我军不顾长期苦战疲惫，奋勇咬住敌人毫不放松。日军在包围圈内，越来越紧缩，濒临绝境。

气势雄伟的雪峰山

　　五月二十日至六月七日，是追击时期。深入雪峰山之敌，被我军重重包围后，企图利用深山森林作掩护，躲藏我军之搜捕。我中美空军则使用凝固汽油弹对敌军进行地毯式反复轰炸。这数万日军已成瓮中之鳖，忙着夺路逃命，溃不成军，死伤甚重，毫无斗志。我军则乘胜追击，一直打到雪峰山入口处——山门。

我所属的部队是 100 军。我在该军 63 师 188 团 3 营任迫击炮排排长，时年二十四岁，带着两门八二迫击炮（八二是指炮的口径为 82mm），五十多个弟兄［炮班的班长、副班长加上士兵不过二十人，其余包括弹药兵（每个兵只能挑两箱，每箱三发，共六发炮弹。每发炮弹重二十斤）以及服务人员（包括炊事兵、传令兵等）］。

在四月十九日，上午大约九十点钟时，我们追击到一个叫"鱼鳞洞"的山岭，忽然看见对面大山上有大股日军向芷江方向行进，有骑马的，有坐轿子的（不是江南那种轿子，而是用两根长竹竿，当中绑上一个竹椅子，俗称滑竿），细小如同蚂蚁一般。我想打他们，但我目测一下距离，我们这里到那边山顶上，约有一千公尺直线距离。我的迫击炮有效射程为四百公尺，最大射程也不过八百公尺，打不到他们。按正规操作规程，迫击炮应该在山后面间接瞄准——那就更远了。那时我年轻气盛，见了鬼子岂有不打之理。于是，我违反操作规程，把两门迫击炮在山前面进入阵地，进行直接瞄准射击，虽然这是暴露自己，没有掩护，也顾不得了……我测定距离为一千公尺（当时我们没有什么测远仪，全凭目测）。瞄准后，我下令两炮齐放，对日军突然袭击。在十多分钟的时间里，一连发射了一百余发炮弹。只听见炮弹呼啸着飞过长空。正好落在对面山顶上轰然爆炸，砰砰砰……之声不绝，只见对面山上冒起阵阵黑烟，轰轰巨响就跟放爆竹似的。顿时，那些人马都不见了，都隐蔽起来了。敌军因猝不及防，又不知我方虚实，竟毫无还手之力，一点回响也没有。我们炮弹打完后，我迅即下令拆炮，大家翻过山头，回到山后的一间小民房里休息。这时我感到非常痛快，就好像用拳头在鬼子们身上猛揍了他们一顿似的。

到了傍晚约莫六七点钟（我当时哪里有手表，只能看天色估计时间），我在小屋吃过晚饭。对面山上一个老百姓跑来了，我看他不过二三十岁的年纪。他是来给我们报喜信的。他说："今天上午这个炮打得好，打得好，打死打伤日本鬼子七十多个，其中还有一个坐轿子的'大队长'哩……"

我听了，自然非常高兴。

次日是四月二十日，也是上午九十点钟，我忽然又看见大股日军，和昨天一样像蚂蚁一般，在两个山岭之间的一条道上行进。我认为机会又来了，立即命令两门迫击炮进入昨天的位置，想照样子予以轰击。不料，情况大有不同了，我们才发射两三发炮弹，对面山上的重机枪即向我方射来。接着还有小钢炮，炮弹落在我们这边的山上轰然作响。我们赶紧把炮拆了，卧在原地不动。这时，敌人的枪弹在我的身旁左右前后"噗噗噗"地溅起泥土，与我的身体相距只是三四十公分左右。当时，我仰望晴空，只见朵朵白云在蓝色的天空中飘浮，四周是青翠的高山环绕。我想，这里也许就是我的葬身之地吧？为国捐躯，死得其所啊……由于我们穿的是淡黄色的军装，与地面上的草色相差无几，如果卧倒不动，在远距离的敌人分不清楚目标，只是朝这个方向盲目地扫射一阵。小钢炮也打不准目标，东一个，西一个，虽然都爆炸了，但每个弹着点都距我们还有二三十公尺。数分钟后，在我右侧方数十步远的四班班长李阿水被枪弹击中腹部。他的肠子也被打出来了，他痛得发出极其惨烈的嚎叫声，就像一匹野兽临死时的那种嚎鸣，悲壮至极，持续有两三分钟之久，然后，逐渐减弱，再减弱，以至无声……这时候，我们能用什么办法去救助他呢？我们全体都暴露在敌人的火力之下。我们唯一能做的就是静止不动。敌军扫射了一阵，见无动静，为了节省子弹，他们暂停了射击。我们抓住这个时机立即起身，向山顶方向跃进。雪峰山是座大山，我们距山顶还有五六十公尺。敌军见有人跑动，重新又用机枪扫射过来。小钢炮接着又开始轰击。我们跑了一段，此时便又立即卧倒不动。这山顶只有一些矮小的马尾松，高度不过一公尺，而且稀稀落落，无法隐藏。敌人见无动静，枪炮打了一阵之后，再度停了下来。这个时候，我们便又抓紧时机，向山顶奔跑了一段路。敌军见到人影晃动，便再度枪炮轰击扫射……如此反复进行，大约有四五次。我们终于翻过山顶，回到了原驻地。晚上，我派了两个弟兄带了一把铁锹把李阿水就地掩埋。我们只能做到这一点。我只知道他是浙江宁波人。"埋骨何须桑梓地，英雄到处是青山！"

那时，制空权是我们的。日军的飞机都已经调到太平洋那边和美军交战去了。在中国地区，他们已经没有什么空军力量。每天清晨，盟军飞机即飞临阵地上空，搜索目标。敌军在奔逃之际，白天不敢行动，都在夜晚奔逃。敌军白天有时躲在丛林中，有时躲藏在山间、沟壑中。盟军飞机若发现踪迹，便俯冲而下，对日军藏身之处用机枪扫射。飞机上的机枪子弹，其直径有2.5公分，打中后不死也要重伤。敌军被击死击伤的人马无法计数。被击伤的人马若不能行走，便被日军丢弃，或干脆杀死，以免拖累。日军的尸首都是光着身子的，因为他们所有的东西都被拿来作为我们的战利品，包括钢盔、衣服、手表、钢笔、军靴、袜子……武器是要上缴的，其他的东西都给我们的士兵拿来享用了。在那样的热天，日军的尸首早已发臭，而且膨胀，我们用脚一踢，其肚皮立即爆开，流出一股臭水……这就是侵略者可耻的下场。敌军为了逃命，丢弃了大量的军用器材、通信器材，还有一些文件。我们还看到了他们印制的军用地图。在他们的地图上，湘西雪峰山的每一处地形、地物，都标明得清清楚楚，可见日本帝国主义对我国的侵略意图是蓄谋已久，早有准备的。

我们在追击时，敌军也会派遣小部队据险扼守，掩护其主力退却。我是随着3营7连前进的。连长姓郑，也是江西人。当我们追到一个叫作观音山的地方时，山顶上发现有敌军顽抗。连长派了一个传令兵向我传话，要我立即在观音山的对面那个山头占领阵地，协助他们步兵攻击。我立即带着两门炮走上观音山对面

饶平如之左手手模
（兆扬）

饶平如（兆扬）之右手手模

那个山头，山路上的枯树叶都有二十公分厚，是个从来没有人走的地方。我沿着小径上了山，只见山顶满是竹林及杂树。奇怪的是，在山顶周围，还有一条深深的壕沟。由这个山顶望对面观音山，距离不过二百公尺左右，太近了。迫击炮是曲射炮，我们把炮置于沟内，同时把炮口仰得很高，根据炮上的瞄准标尺，才定好这个距离。于是我命令两门炮开始发射炮弹。对面山顶中弹，黑烟滚滚，爆炸之声不绝于耳。大约过了半小时，7连的传令兵来了，说："连长说，炮兵停止射击，我们的步兵已经开始登山进攻了。"我便将炮延伸射程，打四百公尺，目的是切断敌人的后援。此次战斗由上午十时左右开始，一直打到下午四五点钟。观音山山势非常峻峭，好像直的笔筒一样，从正面上去，无山路可走，只好攀着藤条、树枝，在山势稍平的地方，一步一步攀援爬行而上。担任进攻的是七连第三排的排长，他姓赵，湖南人，由于我经常和他配合作战，所以认识，但未交谈过，也不知其名。他身材矮小，但身手矫健。他是行伍出身，作战异常勇敢。他从山下一路攀爬，已到山顶，而且距敌机枪手仅一步之遥。正在此时，他从下面一把抓住了敌军的机枪，口中骂道："他妈的！你还在这里！"此刻，敌机枪手旁边有个敌步枪兵，顺手向赵排长开了一枪。子弹擦过赵排长的头颅。读者须知，我们的战士当时是没有钢盔的，只戴布军帽。于是，赵排长不幸阵亡，两个鬼子趁此机会，抱着枪，打了个滚，顺势溜下山，逃跑了。我们的步兵这时也陆续上山，追赶过去。数分钟后，我带着迫击炮排士兵也登上观音山顶，但见山顶非常狭窄，长仅十余公尺，宽仅五公尺左右，地上挖了五六个散兵坑，看来由于时间仓促，敌军来不及深挖，只有四五十公分深。在右首第一个坑中坐着一个敌军士兵的尸首，他满面胡髭，胸口坦露，身上有一丛黑黑的胸毛。地上满是弹壳，还有几个子弹箱，硝烟未散，火药味犹存。赵排长也伏在山顶的边角，为国捐躯了。我放眼一望四周，左下方是太阳，其红似鲜血，四周一望无际，都是青翠的山峰，万籁无声，悲壮惨烈之景，至今已七十年（执笔时我九十四岁）矣。此一幕仍深印脑际。当时我也未久留，数分钟后，我也急速下山，继续追击残敌。

某日，在一个分岔路口，小开阔地上忽然发现了一个鬼子。这个鬼子戴着近视眼镜，好像是个年轻的大学生，由于眼睛近视，走错了路。七连当兵的哪里有什么抓俘虏的想法，一个手榴弹抛过去便结果了鬼子的性命。大家过去拿战利品，这家伙还背了个医药箱子，看样子是个军医。把他的衣服、鞋袜全部剥掉，除了手表、钢笔都有之外，在内衣里还有个皮夹子，皮夹子里还有一张照片。照片上有四个人，一看便知，有两个年长的是他的父母，一个是他本人，另一个是年幼的女孩，猜想是他的妹妹……

作战时我们没有什么吃的，我记得某次追到一个名叫"怀子冲"的地方，也是山上。山上还有个小庙，似乎是新建的：进门有个小院，两侧有小走廊。正殿之后，还有一个后院，四周有矮围墙，还有个后门。山上没有水，烧饭要下山去挑水。下山要走五里路，上山又是五里路。我排在此庙休息，做午餐。饭烧好了，又没有菜。有个当兵的发现后院墙根有几株绿色植物，据说是"野葱"，可以佐餐。他们拿来洗净切碎，加盐一拌当菜。我素来自吹自擂什么都能下咽的，此时也吃不进去，实在怪味儿难堪，只好吃白饭下肚了。有时吃马肉。敌军的战马被飞机机枪子弹打中，它已不能动弹。卧倒在地，但并未立即死亡。我们追击时，由于没有东西吃，有人便在马腿上割一大块肉，用水煮之，加点盐，便可吃。你割一块，他割一块，马未死，割马肉之时，它尚能回头望一望……

这种马肉我吃过，他们给我一大块，总有两三斤重吧。我们边啃边追，并不停步。马肉很像牛肉，不过较牛肉粗糙，又带点酸味，难吃得很，但饿了也没办法，一路追，一路吃……

山里面也有零星的小村庄，但村民早已跑光了。当我们经过时，一股恶臭便扑鼻而来。原来敌军在逃窜时，因为断粮，便杀这里的牛，牛尸经过烈日酷暑便腐烂发臭。这种情况发生也不止一次。奇怪的是，我们竟然丝毫未受影响，也没有人生病。

敌军在此次会战中，遭到了彻底的惨败，据参战部队军史资料记载：

"我军在此次会战中共击毙日军12498人，伤23307人。我军在抗击侵略、保卫国土的战争中也付出了巨大代价。会战中，殉国将士 7737 人，伤 12483 人。特别要指出的是，日军所至，杀人放火，奸淫掳掠，罪行累累。仅据隆回、洞口、武冈、绥宁、溆浦五县的不完全统计，被日军枪杀无辜民众达 8563 人，伤 1175 人，强奸妇女 1850 人，烧毁房屋 14158 栋，宰杀猪、牛 119 万头。人民流离失所，耕作延误失时，其经济损失更是难以计数。"

有幸参加了这次会战，我觉得这是我一生中的一大快事。我提到的这两位牺牲的战友，都是基层的普通战士。但，正由于有了千千万万这样的基层普通战士，才组成了浩浩荡荡的巨大的抗日救国队伍，才取得了抗日战争的最后胜利。

附注：本文所引用的部分资料和统计数字，均摘自《湖南文史·湘西会战专辑》1992 年，第 47 期，中国人民政协湖南省委员会文史资料研究委员会编，1992 年 8 月第 1 版。

大山岭之战

　　湘西会战后我所在部队又在邵阳西门外大山岭进行了一次战斗。

　　一九四五年六月上旬，日寇在湘西会战中全线溃败，嚣张气焰大为受挫，其残余部队（116 师团）退至邵阳，坚守不出。邵阳西门外三公里处有一高山，名叫大山岭，地势险要。日寇在此山构筑严密工事。

　　我所属的 100 军 63 师 188 团追击至此受阻，双方对峙约半个多月。

　　七月上旬，军部命令 189 团派一个营向大山岭展开攻击。我的迫击炮排配属该营作战。

这天，天气晴朗，我排凌晨起身，在距大山岭约四百米处的一个山头后面选择了迫炮阵地，并做好了一切准备。

七时许，盟军"飞虎队"飞机二十架飞临上空，向敌山头阵地投掷燃烧弹，然后俯冲，用机枪猛射。敌阵寂然无声，未敢还击。

八时，飞机离去，我们的迫击炮开始向敌阵轰击。四百米为迫击炮的有效射程，只见炮弹一个在山顶的敌堡上面爆炸，一片火光黑烟……约半小时后，营长传令兵来通知：炮击暂停，步兵开始登山。

我看见有一个步兵排约三十余人，呈散开队形，向山顶匍匐前进，其后有重机枪不断地向敌射击以作掩护。

当攻击队伍爬到距山顶敌堡二三十米处时，突然发现在右侧山上有敌人侧射火力，我军遭受伤亡，攻击受阻。我看见有一个穿白衬衫的（排长）和另外七八个兄弟伏在那里不动。

直到正午十二时，仍未有进展。

这时，军部传出话来："今天下午五点钟以前若不拿下此山，营长拿头来见！"

营部传令兵来到炮兵阵地，说营长请我去吃饭。我跟随他来到一间小草屋内，里面一个圆桌，营长和几个连长们都坐在那里，我一个都不认识。营长是行伍出身，中等身材，年近四十，面色紧张，他见我来到，即招呼我在他身边的凳子上坐下，说："小

老弟！下午要帮帮忙啊！"因我的炮排并不隶属于他，故说话客气。我点头说好。此时，传令兵由军用水壶里倒出一小杯白酒递给营长。他接过来抿一口，想镇静一下情绪，但又不敢多喝，怕酒后误事，便把酒杯还给了传令兵。营长他们商量下午如何组织进攻的计划。

饭后各自离去，各就各位，开始新一轮的攻击。我们继续向敌阵炮轰，步兵重新组织进攻，枪炮声不绝于耳……

遗憾的是，这天并没有把大山岭拿下来。

在这天的下午五点钟，在金色的夏季阳光下，我看见那位穿白衬衣的排长和他那七八个弟兄们，仍然伏倒在原来的地方。

他们为国牺牲了。

一个月后，日本宣告投降。我军进驻邵阳，并接收日寇上缴的物资、武器。我目睹日寇俘虏在我军士兵的监视下进行劳动，日本俘虏见到我军军官必须敬礼……洗雪国耻，还我河山，我们终于取得了最后的胜利了！

尽管我并不知道在这次大山岭战斗的牺牲者姓甚名谁，是何方人氏，但我确切地知道他们都是有爱国良知的中华男儿，作为他们的昔日战友，一个战争的幸存者，我有责任要把这段小故事写出来。

我所忆及的一〇〇军

一九四三年春，我被分配到 100 军山炮营（地点：湖南浏阳）。

军长：施中诚；副军长：唐冠英。

军参谋长：程有秋。

山炮营营长：唐奇（13 期），那时他即将离任，由副营长张作圣（12 期）负责。

我在三连（连长刘青云，行伍）任排长。

不久，山炮营撤销，改为山炮连。

连长魏振邦（14 期，是军长施中诚之内弟）。我任连观测员。

一九四三年冬，100 军经长沙到达益阳，山炮连驻于孟家洲。

一九四四年春，100 军军长施中诚调任，继任者为李天霞。

1938年，平如时年16岁，在南城乡师附属初中部，读初三。某日日寇飞机九架来轰炸南城机场，死伤民众数十人，他们扬长而去，我方未有任何反击，国耻难忘，画此图永作纪念。

平如 [印]
2015. 8. 海。

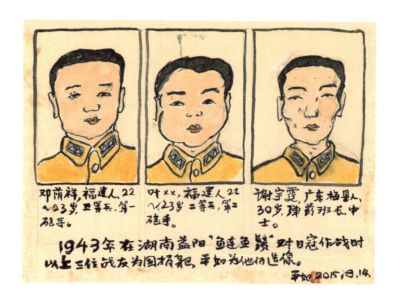

邓荫祥,福建人,22~23岁,上等兵.第一砲手。

叶xx,福建人,22~23岁,二等兵,第二砲手。

谢宇霆,广东梅县人,30岁,弹药班长中士。

1943年在湖南益阳"鱼连鱼赣"对日寇作战时以上三任战友为国捐躯,平如为他们造像。

平如 2015.12.14

魏振邦亦离去,继任者为何瑞秋（12期）。

五月,山炮连撤销,改为75师225团（团长刘权五）迫击炮连（连长耿崑山,行伍）。我任二排排长。

一九四五年秋,抗战胜利。100军改为整编第83师（师长李元霞）,63师改为63旅（旅长徐志勖）,在汉口接受日军武器,成立旅炮兵营。

营长刘恒鑫（13期）;副营长伍冰晨（15期）;我在营部任营观测员。

第一连连长简国良（14期）,副连长邹孟鲁（18期）;

李阿水,浙江宁波人,25岁,上士班长。1945年4月20日上午,在湖南湘西会战"中在"喜麟洞"与日寇作战时,为国捐躯,军如为其造像。
军如2015年8月14日

第二连连长杜砺生（15期），副连长周廷光（18期）；

第三连连长汤启武（16期），副连长武伦轮（17期）。

一九四六年，83师师长为周志道，63旅旅长为马连桂。

一九四七年春，63旅成立旅战炮连，我任连长。

一九四七年冬，战炮连改为19旅（旅长赵尧）56团（团长周镇中）迫击炮连，我仍任连长。

一九四八年六月，我调任19旅旅部参谋，参谋主任为史之光（15期）。

一九四八年七月，我请婚假回到江西南昌。离开部队。

风萧萧兮
易水寒, 壮士
一去兮不复还!

一九四三年二月廿

旦,18期1五队学生毕

业,此乃赴全国各不战线。

一平如亦在其中, 如今

已便历七十三个春秋,

二千余人能有几.

青山依旧在

——回忆湘西会战后
邵阳西门外大山岭的一次战斗

1945年6月上旬，日寇在湘西会战中全线溃败，嚣张气焰大为受挫，其残余部队（116师团）退至邵阳，坚守不出。邵阳西门外3公里处有一高山，名叫大山岭，地势险要。日寇在此山构筑严密工事。

我所属的100军63师188团追击至此受阻，双方对峙约半个多月。

7月上旬，军部命令189团派一个营向大山岭展开攻击。我的迫击炮排配属该营作战。

这天，天气晴朗，我排凌晨起身，在距大山岭约400米处的一个山头后面选择了迫炮阵地，并作好了一切准备。

7时许，盟军"飞虎队"飞机20架飞临上空，向敌山头阵地投掷燃烧弹，然后俯冲，用机枪猛射。敌阵寂然无声，未敢还击。

8时，飞机离去，我们的迫击炮开始向敌阵轰击。400米为迫击炮的有效射程，只见炮弹一个个在山顶的敌堡上面爆炸，一片火光，黑烟……约半小时后，营长传令兵来通知：砲击暂停，步兵开始登山。

我看见有一个步兵排约30余人，呈散开队形，向山顶匍匐前进，其后有重机枪不断地向敌射击以作掩护。

当攻击队伍爬到距山顶敌堡二三十米处时，突然发现在右侧山上有敌人侧射火力，我军遭受伤亡，攻击受阻。我看见有一个穿白衬衫的（排长）和另外七八个弟兄，伏在那里不动。

直到正午12时，仍未有进展。

这时，军部传出话来："今天下午5点钟以前若不拿下此山，营长拿头来见！"

营部传令兵来到砲兵阵地，说营长请我去吃饭。我跟随他来到一间小草屋内，里面一个圆桌，营长和几个连长们都坐在那里，我一个都不认识。营长是行伍出身，中等身材，年近40，面色紧张，他见我来到，即招呼我在他身边的凳子上坐下，说："小老弟！下午要帮帮忙啊！"因我的砲排并不隶属于他，故说话客气。我点头说好。此时，传令兵由军用水壶里倒出一小杯白酒递给营长。他接过来喝了一口，想镇静一下情绪，但又不敢多喝，怕酒后误事，便把酒杯还给了传令兵。营长他们商量下午如何组织进攻的计划。

饭后各自离去，各就各位，开始新一轮的攻击，我们继续向敌阵轰击，步兵重新组织进攻，枪炮声不绝于耳。……

遗憾的是，这天并没有把大山岭拿下来。

在这天的下午5点钟，在金色的夏季阳光下，我看见那位穿白衬衫的排长和他那七八个弟兄们，仍然伏倒在原来的地方。

他们为国牺牲了。

一个月后，日本宣告投降。我军进驻邵阳，并接收日寇上缴的物资、武器，我目睹日寇俘虏在我军士兵的监视下进行劳动，日本俘虏见到我军军官必须敬礼……洗雪国耻，还我河山，我们终于取得了最后的胜利了！

*　　　*　　　*

尽管我并不知道在这次大山岭战斗的牺牲者姓甚名谁，是何方人民，但我确切地知道他们都是有爱国良知的中华男儿，我永远不会忘记他们。作为他们的昔日战友、一个战争的幸存者，我有责任要把这段小故事写出来，让它留传在人间。

2010年7月中旬，在时隔65年以后，我由儿中曾陪同来到邵阳，并登上了大山岭的山顶，祭奠了昔日战友，了却我的平生夙愿。

平如记
2010.10.24

饶平如生平大事记 ————————————

一九五一至一九五八年　先后在大德出版社、上海卫生出版社、

　　　　　　　　　　　上海科技出版社任职

一九五八年　赴安徽劳教。自此与家人两地分居二十余年

一九六○年　解除劳教，参加"新生队"

一九六○至一九六八年　治理淮河

一九六八至一九七八年　在安徽六安汽车配件厂当漆工

一九七九年年底　回到上海，在科技出版社任职

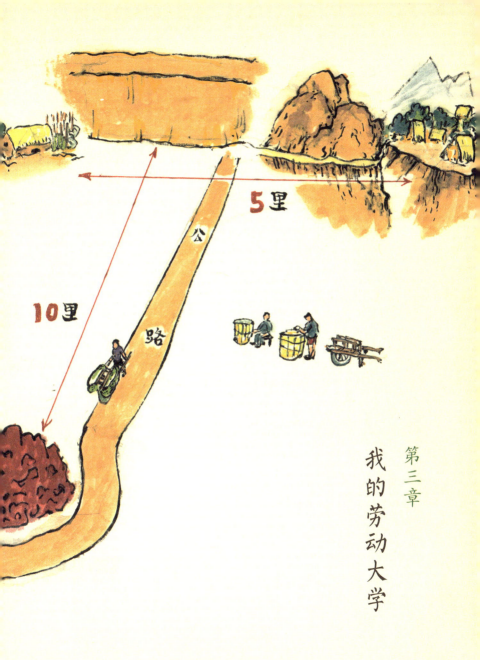

5里

10里

公

路

第三章

我的劳动大学

公私合营

一九五一年的上海，和煦的阳光照耀着大地。

在江宁路新闸路口，坐落着一所西班牙式的两层楼房屋，楼房外有高高的竹篱围着。竹篱上写着四个直径约两米的白底黑色大字："大""德""医""院"。《易·系辞下》说："天地之大德曰生。"这个产科医院的命名即来源于此。

院长杨元吉，江西南昌人，一九二六年毕业于上海国立同济大学，学习妇产科专业。除大德医院总院外，他还创办了大德医院分院（天平路）、大德高级职业助产学校（江宁路）、仪韵女子中学（愚园路）和大德出版社（社址就设在大德医院内）。他编写了《现代诊疗译丛》《生理胎产学》《病理胎产》《中国医学文献》

等书籍。他于一九四五年创办了《妇婴卫生》杂志，其宗旨是：向群众灌输妇婴卫生常识，保障母子身心健康。这些书刊都由大德出版社出版。

新中国成立前，上海的出版物名目繁多，其中鱼龙混杂，良莠不全。新中国成立，对这些出版物大力整顿，凡属不良倾向的出版物一律加以取缔；而对那些内容健康、有利于国计民生的出版物则予以保留。《妇婴卫生》月刊便是其中之一。

由于《妇婴卫生》的办刊宗旨和内容符合党的政策，适合全国广大农村、工厂、部队基层妇幼保健工作者的需要，它的发行数量便直线上升。杨元吉院长充实了《妇婴卫生》编辑部，组织了《妇婴卫生》编辑委员会，并邀请上海当时著名的妇科专家瞿直甫、小儿科专家苏祖斐、宋名通、内科专家傅积仁等十余人为委员。杨元吉自己担任主编。奚琼英（大德高级职业助产学校毕业）担任责任主编，负责组织文字稿件及初审，兼任编务及出纳。我担任文字编辑兼美术编辑，负责审校英文稿件（俄文稿件由汪云汉教授负责）。除整理文稿外，我组织图稿，写美术字标题，进行版面设计，同时还兼任会计。当印刷厂急需稿件或校样时，奚琼英和我便主动加班，保证稿件或校样及时送到。就这样，由一个社长、两个职工共三人所组成的"微型"出版社，也便顺利地运转起来。《妇婴卫生》每月五日准时出版，从不误期。

杨元吉主编为《妇婴卫生》制订了十六个字的编辑方针："介

绍苏联先进经验，灌输妇婴卫生常识。"当时党对宣传刊物的号召是："面向工农兵。"我们把读者对象不仅局限于城市居民，而是着眼于全国广大的农村、工厂、部队的基层妇幼保健工作者。刊物的文字力求通俗易懂，并增加插图。

一九五四年，《妇婴卫生》每月的发行数量已增至四万份，业务繁忙。大德出版社就迁出大德医院，搬到位于平安大戏院附近、坐落在陕西北路的平安公寓二楼办公。

一九五五年下半年，上海的私营企业正在酝酿怎样来迎接即将到来的公私合营高潮。我们在办公室窗口时常看到一队一队热烈的人群，敲锣打鼓地走过；也看到横挂在马路上方红底白字大幅标语："跑步进入社会主义！"奚琼英和我都感到万分兴奋；但我们同时也存在一些顾虑，担心我们的工资会不会减少？对新的环境我们能适应得了吗？

不久，我们接到通知：整理社中的资产，为公私合营做准备。大德出版社的"固定资产"贫乏得可怜，一间办公室是租来的，电话和茶几是借用房东的，都不能算。社里的全部"固定资产"只是：三张写字台，三把靠背椅，一个书橱；还有几包账册，数捆过期杂志，如斯而已。可是，若谈到"无形资产"，按照现在的"知识产权"和"知名品牌"的说法，那就是这本历史悠久、畅销全国、每月盈余、生机勃勃的《妇婴卫生》月刊了（《妇婴卫生》此时每月发行数量已达八万份）。

一九五六年的春天，上海和全国各地一样，红旗招展，锣鼓喧天，公私合营的进展达到了最高潮。

这时，上海的五家从事出版医疗卫生书刊的私营企业，加上杭州的新医书店，以北京人民卫生出版社驻上海办事处（负责人：黄家亮）为领导核心，合并成立了"上海卫生出版社"。这六家私企单位是：

上海医学出版社（负责人：张士敏）

上海广协书局（负责人：张文仪）

上海千顷堂书店（负责人：谢老先生）

上海玄牧兽医出版社（负责人：忘其名）

上海大德出版社（负责人：杨元吉）

杭州心医书店（负责人：韩学川）

在一个阳光明媚的日子，奚琼英和我都换上了整洁的衣服，按通知地点去上海卫生出版社报到。这是坐落在淮海路（近高安路）上的一所新村房屋。一进大门，但见客厅两旁彩旗飘扬，院子里一大群人。正当我们不知所措的时候，忽见一位年约十八九岁的小姑娘微笑着向我们走来。她热情洋溢地把我们带到一间办公室里，倒上茶水，娓娓地向我们介绍新成立的上海卫生出版社的有关情况。她叫方婷嫄。感受到如此亲切的气氛，我们忐忑不安的心情就安定下来了。

后来，我们对这里的环境渐渐熟悉起来，对国营企业也进一步了解：领导没有架子，党员、团员和我们一起谈工作，谈家常，平易近人。我以前的种种顾虑，事后想起来，不但多余，也觉得可笑。

社长宣布：私企职工的工资如超过其所评定的级别工资时，其超出部分可以保留，称为"保留工资"。简单一句话，原来拿多少，现在仍旧拿多少。这又使我们悬在心上的一块石头落了地。

上海卫生出版社在业务方面分为两个部：编辑部和经理部。编辑部总编辑周宗琦，曾留学德国。他身材不高，沉默寡言，思维敏捷，才华过人。他不但是医学专家，而且擅长文学。他以前曾以"桥下客"的笔名在各个报刊上发表文章。他还创作了一部长篇小说，书名是"第一块牌子"。

副总编俞克忠和期刊科科长宋宝森都是从北京人民卫生出版社调来的。宋宝森熟悉编辑业务，精通日语。他为人豪爽、随和，说话幽默、风趣。期刊科的分工是：《妇幼卫生》由奚琼英、梅彤辉、涂玉霞负责；《大众医学》由方婷媛、邢绍发、冯碧华负责；我负责两个刊物的文字编辑和美术设计。稿件整理完毕，送呈科长宋宝森审核、定稿；最后还要请周总编过目。当时，有两个十六七岁的初中学生，一个叫张忠良，一个叫范生福。他们极喜画漫画，也有一定的质量。他们二人成立一个美术组，主要任务是为刊物写美术字标题、画插图。此外，科里还有一位年轻姑娘邓肖蓉担任文书、编务。这样，阵容十分强大，业务也蒸蒸日上。

《大众医学》和《妇幼卫生》可以说是期刊科的一对姐妹花。它们各有其不同层次的读者对象，也各有其所侧重的宣传领域。两者相辅相成，相得益彰。

刚合营时，社里组织全体职工政治学习，分两个组，像宋宝森、方婷嫄他们已有相当水平的同志学习《政治经济学》，而我们来自私企的职工则学习《社会发展史》。时间都在晚上，每周一次，每次两小时。数月后，还要举行考试。我侥幸考得第一名，出版科张公约也是第一名，两个并列。

一九五六年，我被评为"生产积极分子"。一九五七年，我被评为"先进生产者"。这年夏天，我在新闻出版局所办的杭州休养所休养了一个星期。

《礼记·礼运》中说："大道之行也，天下为公。""选贤与能，讲信修睦。""使老有所终，壮有所用，幼有所长，矜寡孤独废疾者皆有所养。"这是儒家的理想社会，所谓"大同之治"。领导者通情达理、知人善任；劳动者各尽所能，恪尽职责。大家互相信任，和睦相处。大家都为集体的事业而贡献力量。年老了享受退休，年轻时不求无工作。孩子们在健康地成长。孤老、残废者都有所安置……这些不都是发生在我身边的事情吗？我朦朦胧胧、隐隐约约地似乎感受到了有点近乎"大同之治"的境界。

在上海卫生出版社工作的这段时间，是我人生中一段美好的回忆。

一九五八年春，上海卫生出版社迁到南京西路的"蝶来饭店"，与上海科技出版社毗邻。卫生出版社在东侧，科技出版社在西侧，大厅中的食堂则为两家出版社共用。

数月后，上海卫生出版社和上海科技出版社合并，成立上海科技出版社，一直到现在。

后来，《妇幼卫生》也归并到《大众医学》。可能是基于这样一种看法："大众"者，包括"男、女、老、幼"之谓也，既然包括"女"和"幼"，《妇幼卫生》就没有存在的必要了。

人们常说："要敬业、乐业。"我个人就非常喜欢"出版社编辑"这个职业。我觉得，仅此五个字，它就蕴含着清高的书卷气，散发出儒雅的翰墨香。它能激励人们产生一种超于世俗的情怀和献身于文化事业的庄严责任感。

人们又说："大学毕业仅是人生的基础，而社会才是永不毕业的大学。"对我而言，上海科技出版社就是我的社会大学。

从横浜桥到花凉亭

一九五八年九月二十八日，我照例骑着自行车，前往坐落在淮海中路的上海科技出版社去上班。将近十月的上海已经褪去暑热，天高云淡，风和日暖。除了公文皮包外，我还带了一把德国产的和来牌口琴、一把精致的小阳伞、一个小橡皮球和几个大小不等的圆形瓷盘子。

这是因为国庆节就要到了，单位要举行国庆联欢会。工会通知职工们，有能力表演节目的今天都去报名。我会吹奏口琴，而且还能表演一种特技——把小皮球或圆瓷盘子置于伞上，我转动伞柄，小皮球或圆盘就能在伞面上自行滚转，快慢自如，不会掉下来；甚至我可以把它们向上一抛，悬于空中约一公尺高，然后我又能用伞将它们接住，继续在伞面上滚动。这个玩意儿，是我少年时在故乡南城一个小广场上看杂技艺人这么玩的。我感到新奇有趣，回家后便如法操练，屡败屡练，到最后居然也无师自通了。我颇感得意，这以后便成了我的拿手好戏。这次国庆九周年的联欢会，我满心欢喜，一心想着等到下班以后就要到工会安排好的场所去排演。

就是这样一个天气很好，而且心怀期盼的日子。我坐在期刊科的编辑室里，做着我的日常工作——为《大众医学》《妇幼卫生》这两本月刊修改文稿，设计版面。一切平静如常，直到下午五点，临近下班。

编辑室里走进出版社的办公室主任。就称他 G 主任吧。

他走近我的桌子，说："饶平如，我们出去谈一谈！"

我也就立起身来，跟着他走出房间。室内的同事都不知发生什么事，只能以一束惊讶的目光把我送出房间。鸦雀无声。

G 主任在前，我紧随其后，走过通道，进入了另一个房间。这间房里平日堆放杂物，无人办公。

G 主任在右首墙边立定，面容严峻，二话没说，从衣袋里掏出了一张纸，说是"劳教通知书"，就开始念念有词。我听不全，只断断续续地听见："……饶平如……因系反革命……送劳动教养。"念毕，问我："有什么意见吗？"

我昏昏然手足无措，浑不知发生了什么事情。但至于问我有无意见——我的意见能管用吗？我干脆答道："没有意见。"

"好！跟我来！"G主任随即走出房间，我仍紧随其后。走过期刊科编辑室门口时，我还想进去整理一下东西，交代一下未完成的工作。G主任说："不必了，自有人会替你整理的。"就这样，我们一直走到出版社的大门口。早有一辆空着的三轮车在那里等候。三轮车旁还有一人，那是出版科的C君，我认识他的。G主任和我二人坐上三轮车，C君骑着自行车，在我们的左侧随行。

上海市劳动教养收容站坐落在闸北区的横浜桥，尚有一段路程要走。我在三轮车上思潮汹涌，悲愤填膺，眼中只见一连串模模糊糊的楼宇、行人、车辆飘然而过……突然，所有的复杂情绪好像再也无法兼容在心中了，我像一只爆炸的气球，"嘭"的一声痛哭起来。

G主任先前曾当过出版科的科长。而我刚到社里时，也曾在出版科做过一个多月的设计工作，我与他原算比较熟悉。再说，社里平时举行乒乓球赛、跳交谊舞等活动时，也相处甚得。此时此际，可能他也起了恻隐之心，一改刚才那种严峻冷漠之态，用温和的口气安慰我，又以一种透露内部消息似的口吻悄向我道："……不要紧的，劳教的期间也不过是一年半载罢了。你平素是很积极的嘛，可以努力争取的呀……"

收容站终于到了。我只看到，围墙并不高，黄褐色，墙顶上挂着铁丝网，门口有两个持枪站岗的解放军战士。

进入劳教所的大门，右首即传达室，里面有办公人员。凡是外界送来的劳教者，在这里双方办理交接手续，时间不长。G 主任和 C 君办完手续即走了。

这时，我略观察了一下这个收容站。地方不大，但人员拥挤，似有应接不暇之势。人员都是由本市各处送来劳教的，个个脸色慌张、凄切、愁郁；一片凄凉、纷乱的景象。

新的人员进来之后，首先要编组，每组十余人。我是第几组？记不起来了，只知道被任命的小组长姓黄，大约二十五六岁，江浙口音。在一个星期之前，他因为是个小偷而被收容进来的。"先入山门为大"，这是江湖上的规矩，他担任本小组的小组长是完全够资格的。小组里众人皆呈失魂落魄之状，满面愁容；只有他怡然自得，若无其事。我猜想他大概是此间常客，熟门熟路，有宾至如归之感。

收容站供我们住宿的房间甚为窄狭，长四米多一点，宽两米左右。没有真正的床，只在距地面五十公分左右高度处增设一层木板，其两端与两面之墙嵌合在一起，木板宽度与一个高个子的人身长度相差无几。这就是"床"。墙壁和地面都是水泥。"床"对面有个中等大小的窗子，窗口装有铁栅栏。房门倒是普通人家的木制门，可以自由开关，没有人管。

忽然传来"开饭啦！"的喊声，我们那位小组长做组长极为负责，闻声立即冲了出去，一会儿工夫，他便弄来了两个半新不旧、红色花纹图案的脸盆，里面盛着吃的东西：一个脸盆里装的是一堆咸菜炒什么的，另一个脸盆里装的是糙米饭。这是我生平第一次看到脸盆的这一功能，居然还能够用来盛小菜。我肚子一点不觉饿，不想吃。组里其余几位同仁也没人想吃。于是，小组长便独自一人享用这顿晚餐。他在外面搞来一双竹筷和一只大粗碗。我见他吃得津津有味，非常得意。

又忽然传来呼叫声："到大礼堂去开会啦！"

这里还真有个大礼堂，并且合乎规格，像模像样有个"戏台"，两旁悬挂着红色幕布，可以卷起来那种。各小组按次序一排排站好，听上面一声令下，大家就都席地而坐了。这个礼堂并不安排"客人"们的座椅。

不久，领导出来讲话了。他姓萧，我们以后就称他为萧站长。所谓"站"，即"上海市劳动教养收容站"之简称。

说起来，萧站长的这篇演说倒是讲得幽默风趣。以至于中间有几段"名言"，以后还被我们这班劳教人员传诵。如今虽事隔六十年，我还记忆清晰。

略举两段如下：

"你们这些劳教人员呀，可说是好人中的坏人、坏人中的好人。为什么这么说呢？因为劳教是行政处分，是最高的行政处分，你们犯了错误，所以是好人中的坏人；但是，你们并没触犯法律，没有犯法，这和'劳改'是不同的，所以，你们又是坏人中的好人。

"既然没有犯法，也就用不上法律条文，也就没有什么刑期了，究竟有多久呢？只要你们努力争取好的表现，期限是不会很长的。

"你们要问到什么地方去改造呀，我可以告诉大家，这个地方，既不热，也不冷，既不远，也不近……到时候你们就会知道了。"

讲话约有一个小时才告结束。各个小组回到原先的地方。天已晚了，该睡觉了。

我回到我们的小房间里。方才描述的那张木板"床"，按规定要睡六个人。我们这些人此时又没有被子或毯子，好在天气并不十分冷，大家也累了，可以和衣而卧。彼此的头和脚交叉着躺下去，挤压得十分紧凑，动弹不得。

我仰面躺着，不敢侧身，因为无论向右或向左，鼻子就会贴近别人的一双臭脚，难闻已极。我只有皱着眉头，双眼看着天花板。我右边的"室友"是个二十六七岁的青年人，身材高大，体格魁梧，头发天生鬈曲，看上去是个公子哥儿。只听到他口中叫苦不迭，又时而发点牢骚。别人却都无动静。我此时哪有心思去管别人的事，但又一点睡意也没有，就这样瞪着双眼，一直挨到天亮。

我被挤压得无法动弹

次日一早，大家起床。不用说，洗脸、刷牙、刮胡子这一套日常卫生手续就一概都免了。只听外面又在喊："开饭啦！"小组长便又兴冲冲地奔了出去。不久，端了一个脸盆回来——这回里面是一堆又酸又臭的大蒜头。小组长又从外面给大家弄来饭碗和筷子。碗是扁扁平平褐黄色的粗碗，筷子当然也是粗糙的两根小竹棍。这时，我感到确实饿得撑不住，便拿碗到外面舀了一满碗粥，吃了一两个小蒜头，勉强咽下果腹。

匆匆早饭后，有人通知大家到院子里去取自己的包裹，原来是众人家属于昨日傍晚时分送来的。包裹上已经写有各人的名字。同时，上面又发下一大捆草绳，叮嘱我们，找到自己的包裹，检查整理后，重新用绳子扎紧，写上组号和自己的名字就行了，他们备有毛笔和墨汁。我走到院子里一看，一块不大的地上到处是大大小小、颜色各异的包裹。我翻寻了一下，找到了我的一个大大的黄色美式军用帆布包裹，其上，美棠写了"饶平如"三个字。打开一看，有两条厚棉被，里面有一双布鞋，布鞋里还有两元钱。我整理了一下，重新包紧，再用草绳捆绑。我用毛笔写明"第 × 组饶平如"等字样后，便放置原处，由他们收容站的人收走了。

多年以后，美棠和我谈及此事。她说九月二十八日下午五点多钟，上海科技出版社人事科的蒋女士来到我家，告知此事。蒋女士嘱美棠把东西包好，然后同乘一辆三轮车将包裹送到劳动教养收容站。照规定，家属是不能见面的，美棠交了包裹就只能回家。

至于我带到出版社的皮包和自行车等物，是次日委托我的老同学李君到出版社把它们弄回来的。

又到了次日凌晨，应该是九月三十日了吧，此时天尚未大亮，灰蒙蒙的，我们这些劳教人员被喊起床，在院内按小组排好队伍。原来大门外已开来了几十辆公共汽车，车窗全部封闭着。人们由管理人员带领，鱼贯而出。第一部汽车将后门打开，车上有一名军人持枪而立，上车处之两侧亦有军人持枪把守，劳教人员挨个儿上车。上满后，车门关闭，开车前行。然后是第二辆、第三辆……人员全部上车毕，汽车队伍便一直向上海北火车站驶去。这时，美棠还在熟睡中吧。

到北火车站后，人们依次下汽车，又鱼贯进入火车车厢。当然和先前一样，两旁均有军人持枪守卫。

我按次序随队伍上了火车，坐在车厢稍后面、靠左边一排的座位上。天色又亮了些，我打量着周围情景：两旁的车窗全都把玻璃向上推，但没有完全关闭，留下约十公分的空隙以透空气。

火车开了，大家都有座位，车厢里一片死寂，有的只是火车车轮碾过铁轨时的单调音响。

上午大约九点多钟，有一个管理人员来到车厢，给每个人发了一大包硬饼干。这很管用，我们此刻也并不想要香甜松软的蛋糕点心，正迫切需要能吃饱肚子又耐得住饥饿的东西呢。

我们所乘的火车似为专列，沿途遇站不停，一直往前开。究竟到什么地方？我们不知道。我们从不互相交谈，都是闭口不语。多数人在闭目养神，脑子里大概都在盘算着自己的事情。如果有人要解大小便，也应起立口呼"报告"，待车上管理人员问明情况后，他会追随在你的身后。你进入厕所，他在外等候；等你门一开，他仍追随你到原座位上坐定，方才离开。

车子又开了五六个小时，停住了。我们也不知到了什么地方，管理人员通知众人下车，走向一个码头。码头很大，看起来像轮船码头，因为我看到码头下面是滔滔的带着黄色的长江水。大家齐集在钢铁踏板上，免不了窃窃私语起来。这时，我才知道，此地是安徽芜湖。在此间等船，船来了再走。

到了下午晚些时候，一艘偌大的旧船开过来了。奇怪的是，此船不但没有船舱，连甲板也无，那只能称之为"船壳"了。我从码头向下望去，船的底部一览无余，显露出一条条龙骨。我们依次下船，并在这些"船肋骨"的间隙中，按小组的次序，并排和衣而卧。我的卧处在船舱左侧。和组友们并排睡倒，虽稍嫌拥挤，但比起上海市劳动教养收容站的那张床，对于此时的我而言，竟觉得相当满意。由于连日疲劳，刚躺下时，耳边尚能听见船底下哗哗的流水声，但稍过一会儿，不知不觉便进入梦乡矣。这时已经入夜许久。

奈何好梦不长，我在熟睡中，忽然又被一阵阵嘈杂叫嚷声惊醒。船上是没有灯的，有灯也无处可挂，只见管理人员手电筒长长的光束在黑暗中摇来晃去。

有人大叫："他偷我的东西了！"我在手电筒光线中瞥见一个中年汉子捉住了另一个青年人的手。在众多的手电筒光束（也许解放军战士也使用了电筒）集中交会照射之下，我定睛一看，这个被捉住的小偷原来是我们小组的小组长呀！吵闹折腾约半小时，声音渐渐平息，手电筒也不照了，船中恢复一片黑暗。众人依旧在原处继续睡觉。究竟偷了什么东西？中年汉子没有说。管理人员又是如何处理这事？没有人去打听，也无心去打听。

自此之后，我便再也不知道小组长的信息了。直到现在，我心中也还在祝福他会有一个新的、美满的生活，毕竟我们有一面之缘，况且他还热心地替我们打饭。

"船壳"行驶了一晚，第二天早晨，便到了一块未知的"新大陆"，上了岸，又见一辆辆的汽车排队在等候。不过，这次不是上海舒适的公共汽车了，而是搭了黑褐色帆布帐篷的大货车。老规矩，大家按小组依次上车。车没有座位，站着就是。这次路程不长，大约开了一两个小时就停下来了。

这就是目的地了吧！我跟随大家下车，这时大概是上午九十点钟的样子。我的脚踏上公路，环顾四周，心里暗暗吃惊，这个地方，这样的田野、村庄，这样的草木、远山……我意外地有一种似曾相识之感，好像曾经来到过，但又说不出究竟是何时何地。

这难道真的是天意？我这样安抚自己……

　　此时，我们的行李也到了。各人找到自己的包裹，或背负，或肩挑，由管理人员领路，向山间一条小径走去。多数人东西甚少，走得自然快些。我的这个包裹里，美棠给我带了两条厚棉被，体积又圆又大，无处抓手，自然也很沉重。我只能设法在路边弄到一根稍粗的树枝，撬着这个大包裹放在肩膀上，佝偻着向前走。力气不够用，肩膀又痛，走着走着，前面的人都看不见了，我落在最后。只有一个人在我的身后跟着，他便是队长。他要走在最后，不能让任何人掉队。行进又不知多久，撬棒滑了一下，我的超大包裹立刻掉落到地上，继而滚下山谷。怎么办呀？此时天色又已近黄昏，队长拿手电照了照，山谷不深，约十余米。我只好下山谷，费尽所有力气，双手把这大包裹推举到公路上，再重新用那根树枝撬负在肩上前行。

我用尽吃奶的力气才把大包裹推举到路上

大伙房

医务室

中队部

第2组

第6组

我们的住宿处 —— 三角棚

第6组因位于我所住的第2组三角棚右侧下方附近，
相距仅10余步岩罅，是我常去"串门子"的地方，故
画于此。其他各组则散居各处，不知其所在矣。

目的地终于到了，地处山区。

而我们的住宿地方是一个个分散搭建起的三角棚。

三角棚照我看来有点像美洲印第安人所搭的草棚。棚顶以稻草覆盖，可防雨。棚内估计有十三四个平方米吧，在两侧铺了稻草，最靠里面的地面也铺上稻草，呈马蹄形。"门"和"墙壁"都用秸秆编结而成；"门"的"枢纽"，用粗铁丝圈一圈就成，"门"的右首边缘照例也用铁丝做个"搭襻"，扣住"门框"，以防风雨。在三角棚的四周地面还挖了宽五公分左右浅浅的排水沟，以防雨水灌入棚内。这些三角棚错落有致地分散在山中各处。至于大伙房、医务室等场所，则四周筑有土墙，显得宽大、平整些。各个三角棚的门口，根据地形，稍加整饬，铲去杂草，则可作我们平时活动休息的空间。

次日，两百多人开会。中队长姓左，同大家讲了几件事，诸如，大家可以写信回家了，写好的信封好后交到队部统一发出，又告知我们此间的通讯邮箱编号以便家属回信。又告诉我们在此间大家彼此不称"同志"，改称"同学"。宣布了中队的编组名单，并指派了各小组的小组长，我被编在第二组。又宣布我为全中队的宣传员，负责墙报以及工地上的宣传工作。之后又分配其他各项工种，队长问："有谁做过厨房工作的？"一个高而瘦、年约五十多岁的老头应声而出，于是他被调到大伙房去了。至于医生、药剂师、化验师、护理以及能修自行车、能做木工……各个有特殊技能者，也分别选出，派到"医务室""修车棚""木工间"等场所。这些事办完，宣布散会。

同时，我们也终于知道了自己所在的地区是安徽省太湖县的一个叫作花凉亭的地方，据说还是个风景区。

又数日，各组到队部[1]去领取劳动工具：圆锹、十字镐、扛棒、箩筐、粗麻绳……这些笨重的家伙，以前从未接触过，初次上手觉得沉重不堪。

又数日，最初的劳动开始了，属于预习阶段，工作随意，没有具体要求，管理干部也不来察看。只记得，我们小组的任务是到一处山边去拓宽路面。距住处也不远，三五里路的样子。早饭后，小组长带领我们十来个组员前往施工地点，并分配工作。某几人用十字镐去刨削山脚的突出部分，碎土随镐崩解下落，大大小小的碎土块堆满一地。某两人则用圆锹将土装入箩筐。扛抬者两人一对，有好几对。锹者装土入筐，候扛抬者说一声"好了！"乃止。扛抬者把土扛到山路边倒下，也只有十来步之遥。这一对扛走了，另一对扛着空筐又来了，如此循环……到一定时间，小组长则宣布轮换工作，使大家都公平地得到劳动机会，大概好比吃小菜，品尝一下各种不同的滋味也是好的。大家边干活边聊天，

---

1. 队部，即中队长的住宿之地，也是茅屋土墙的民居，但较为整洁。队长居于室内，堂屋则堆放工具等杂物。

我们使用的劳动工具

无拘无束，像是运动员在正式上场前的热身活动。一天热身下来，我唯一的感触是那根扛棒确实太粗太重，足有小饭碗口那么粗，两公尺多长，木质极坚极沉。我植物学知识不够，不知是哪种树木。光扛棒的重量就够受的，别说再用它去扛抬东西了。

但事后在实践中，我发现了它的好处：一块五六百斤的大石头，用绳索捆扎完好后，用这种扛棒，由数个壮汉在齐声"咳哟"

号子声的统一动作下，就被稳稳地抬了起来，然后齐着脚步"咳哟——咳哟——"地就把石头抬走了。从未见过扛棒断裂。

小组长看差不多到了收工时间，便带大家回来，准备吃晚饭。

我们的定粮标准是每月七十斤。早餐是稠浓的粥，中、晚餐都吃饭，能够吃饱。菜只是一样素菜，也曾吃过一次红烧肉，味亦不差，每人一小碗。

初来时，卫生条件很差，众人大小便都跑到附近山上的松林间去。有不少人生痢疾，后来逐渐修建厕所，条件才慢慢改善。我懂一点卫生常识，特别注意饮食卫生，倒从未生过病。

得知队里的通讯邮箱号码后，我立即给美棠写信，告知我身体很好以及这里目前的情况。不久，队部就转来她的回信，信中除了报平安外，还附来一张全家的照片。

照片的背面她写下了这样几句话：

"平如：你看我们全家不是都很好吗？你只要安心改造，我们将来一定会团聚在一起的！"

二十多年后，美棠曾与我谈及这事。美棠说："九月二十八日你走后的次日，我到华山路一千一百三十六号十三舅家去，想把事情告知舅父舅母。当走进他们家里时，只见舅母章玉玲一个人愁容满面地呆坐在家里，原来十三舅杨元吉在家中也被人带走了，时间也是下午五时左右，和你差不多是同时间。"

美棠寄来的全家照片

後排：左2，岳母李元香（64岁）
　　　右2，妻子吴美棠（34岁）
　　　左1，长子希曾（9岁）
　　　右1，次子申曾（7岁）

前排：左，三子东曾（5岁）
　　　中，五女韵鸿（3岁）
　　　右，四子顺曾（4岁）

花凉亭大坝

　　花凉亭地处山区，有许多山头。政府的计划是要在"南山头"和"北山头"之间，筑起一条高八十公尺的大坝，使之形成一个水库，用来发电，称为"花凉亭水库"工程。根据建筑方案，大坝全用泥土筑成。其作业方法是，在计划中的大坝基底地面上两边各划一条长长的白线，称为"经始线"。《诗经》有云："经始灵台，经之营之。"即此意。然后，将泥土倒在这两条白线中间，平平地铺满约二十公分后，用人力砸实之；再铺一层，再砸一层。如此层层加高，且须逐渐收缩，使大坝的两面形成约四十五度的斜坡⋯⋯

　　时隔几十年，想起这座大坝我仍感到自豪。我虽然不是建筑工程师，但曾经推车把我生平推的第一车泥土倒在这两根白色经始线之内的地面上；又曾在这个大坝筑到八十公尺高度时，在上面夯实过它的最高层；更巧的是，当大坝最终合龙时，我曾经只身一人（因我是写稿员）俯视着这一幕水势奔腾、翻涌而上的盛大景象。

此次与我自上海一同来到此间的人数据称是三千人，又听说中途跑掉了一个，故实际总人数为两千九百九十九。我们这批人编制属于七支队八大队，其中分为十个中队，我们的任务就是来建筑花凉亭水库。由于我们所干的活只是挖土、推土上坝然后夯实……所以简单的称呼就是"土方队"。

土方队的人员结构和分工，简述如下：

1. 管工程的。每个中队只有一名，此人要懂得一点工程学。他负责分派任务，并根据所需劳动量的大小决定派工人数的多少；他要考虑施工的先后；每日填写工程进度的报表。他是队长的助手，对大家来说又等于是工头。上工时他到处观察情况，及时处置工程上的问题。他需对全队的工程任务做总体的谋划，考虑明天怎么做，后天该干哪些事，务期尽可能地减少窝工及返工现象。

2. 管测量的。也只有一人，此人身携一布卷尺，负责测量夯土的面积，计算夯土的工作量。一般来说，大坝上的土层至少要夯两遍，有特殊情况时甚至要夯三遍。在施工中，他同时还要受大队施工员的指挥。

管测量的

管工程的

计算车次的

推车子的

平土的

拉坡的

大干快上！
满装快跑！

管宣传的

放卫星

打夯的

为土方队的
人员造像

2015.7 水平如

土方队的人员结构和分工

3. 管宣传的。这就是我的工作了。每天要写广播稿，把全队的好人好事，以及在劳动中表现突出的人员写成通讯稿并及时送到大队在工地设的广播站，加以表扬鼓励。工地上各处都装有高音喇叭，不时传播出："某中队某组某某某，推着独轮车，满装快跑，到目前为止，他已经完成了多少土方的任务。他决心创造更好的成绩，放出一个'大卫星'！"广播声此起彼伏，非常热闹，也的确鼓舞着人们的情绪。若遇上开大会或节日，宣传员们还要出墙报、写标语，也写"倡议书""挑战书"或"应战书"等。

4. 计算车次的。一人。我们的运输工具是独轮车，车上有两只呈长方形、柳条编成的筐子。开展劳动前，他需要先测量出新筐子的长度、高度和宽度，根据容积计算此两个筐子装满泥土后所能运载的土方数字。施工时，计算车次者在坝上选择一个最佳位置，以便于能看清楚推车者的面貌，从而用笔记下一笔，五笔即成一个"正"字，也就是表示推车者推了五车。一天下来，根据车次，便可算出他一天推了多少土方上坝了。这个工作看似轻松其实也并不轻松，因为他必须时时关注推车者的情况，不能遗漏，而且收工后还得总结各人的推土数量，也够吃力的了。

5. 推车子的。这是土方队的主力军。他们用一种古老的独轮车运土，现在车轮加以改良，使用橡胶轮胎，而且装上轴承，故比古式的车子有所进步，较为轻便。这是个重力气活，文弱书生或会望而生畏，但我不怕，我把推车看作一种机械体操，每日锻炼之，是可以强身健体的——这话以后再详谈。

6. 平土的。推车者推车上坝后，到了指定地点倒了土便走，无暇顾及其他活，故必须另外有人将这一堆堆泥土铺平，而且须保持相同的厚度。

7. 打夯的。夯是一种古老的砸实地基的工具，有木夯、石夯和铁夯之分。我们使用的是石夯。这是一种呈圆筒形或方柱形的石头，重量估计总有三四百斤，其底甚平，四周用两根坚硬之木棍交叉扎成"井"字状并将石头嵌在中间。

使用时，四人各立一方，由其中一人唱"夯歌"，俗称"打号子"，这是为了统一发力而必须做的，正如一个乐队需要一位指挥家用

石夯的形状

指挥棒来指挥全体，否则，动作不一致，石夯必然会东歪西倒，而且打夯者也会由于发力参差不齐而感到双手被震得发麻。夯歌的内容可谓五花八门，各显神通。有讲故事的，有唱小调的，还有唱菜谱的，这种最受欢迎。由于唱夯歌时有音乐般优美的声调，兼有鲜明的节奏感，故四个人易于同时发力，把石夯提举到一定高度（距地面二十到三十公分）后便同时放松手，于是乎石夯便能平稳而沉重地落下来，在松散的土块上狠狠地砸一个牢牢的方形（或圆形）印子。四个打夯者还要同时缓慢地向同一方向移动位置，使这些印子逐渐地交互重叠着，以保持地面能平均受到砸击的力量，而不是重复地打在原来的位置上。所以，打夯组就像一支篮球队一样，队员之间必须要有一定时间的磨合，彼此要有默契才行。

再说，打号子良非易事，必须富有经验，因这门技艺也并非一朝一夕之功，一般要由"二进宫"者才能胜任。"二进宫"本是京剧里面一出戏的名称，在这里乃是黑话，指的是那些经过"改造"，出去（释放）之后又进来（收容）了的人。我曾参加过打夯，有位"二进宫"的潘君，年龄不大，二十五六岁光景。像一般歌唱团一样，他领唱号子，十分了得。

流程是这样，他先领唱一句"拎也么拎起来——呀！"用的是上海方言，此时大家便立即同时发力，把石夯提高，口中随即接唱："哎——哟！"这个"哟"声短促有力，好像交响乐队里的击鼓手在大鼓上重重地敲了一下，也就显示了节拍感。喊毕立即松手，使石夯自然落下，平稳地砸向地面。以后他每唱一句，其他三人则都"哎——哟！"一声，这首"交响乐曲"就这样不断地、流畅地进行下去，石夯也就这样不断地起落，砸向地面并缓慢地移动着。直到他认为该休息片刻之时，口中喊出"停"，大家方才松开双手，让石夯落地，并停止动作，擦擦汗，扭扭腰，作出休憩状，舒松一下神经，短暂的恢复体力。四五分钟后，再从头开始。

潘君的夯歌花样很多，我认为特别值得一提的是他唱的菜谱。他能从冷盘唱到热炒，从点心唱到一品锅鲜汤，什么炒腰花啊、红烧肉啊、白斩鸡啊、蹄髈汤啊，样样都有，总有一百多样菜。而且他唱得极为顺口，字数对称，时能押韵。试请各位设身处地想一下，正当烈日当空、身体疲乏、再加上饥肠辘辘之际，大家耳朵里忽然听到了这么多名菜美食，谁能不胃口大开、馋涎欲滴、精神为之一振呢？这真正是所谓望梅止渴，画饼充饥，虽不得肉，亦且快意呀。直到现在，有时我偶从马路边的工地经过，也听到钢铁夯在机器的驱动下，上下起落砸实地面时所发出的单调刺耳的撞击声。虽然人力轻松了，但我总觉得古人在劳动时所创造出来的夯歌，非常纯朴悦耳，就此失传，甚为可惜，每次念及，不无怅然若失之感。

8.拉坡的。此"拉车子上坡"之简称，我们大家都用此语。

由于独轮车只利于平地推行，若遇较大之坡度就需别人拉一把，否则行动便要受阻。

这拉坡行当又分两种：一种叫"人力拉坡"，另一种则叫"机器拉坡"。所谓人力拉坡者，乃拉坡的人自备一根粗绳子或带状物，其一端缚一个铁钩子，另一端则自己制作一个较厚而软的垫肩。这样，他用铁钩钩住车头的横木后，反转身来将垫肩置于肩上便拉车上坡，可以减轻肩上之痛感。拉坡组的人一般都是老弱之辈。他们拉车的距离不长，仅数米之遥，有的甚至不到一米。拉坡者拉到平地后，即脱钩空手走回原地。拉坡组通常为二三人、五六人或十余人不等，须根据坡度大小、长短以及独轮车经过此坡的频率而定。

当大坝的坡度逐渐升高，要想把车子拉到大坝坝面去倒土，人力拉坡办不到，此时便需用机器拉坡。方法是，用铁架子做成基座，再以电动机、钢丝绳及一套能够控制开或关的简易装置（大家喊它为"拉坡机"），机上有个座位，供驾驶员坐着。此机只有两个功能——开或关，由此人前推或后拉操纵杆而操作。开时，钢丝绳会向上卷，因而可以把车子连同推车的人一齐拉上坝面。车一上坝，操纵者立刻关机，此时钢丝绳即停止上卷，拉坡者将车子脱钩后，推车者便可以在坝面上倒土了。机器拉坡时，在平地及坝面上都有专门的拉坡者做挂钩及脱钩的工作。有两组钢绳，此上彼下，同时进行，这样可以提高工作效率。

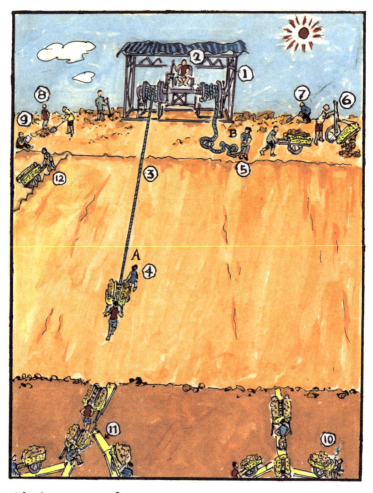

拉坡机工作图

① 拉坡机。用铁架子做成棚式的基座，其下有左右两个卷筒状的东西，利用简单的机械原理使其可以卷动或停止（也就是开或关，以电力传动），操作者通过操作杆来控制，上面做了凉棚以防日晒。

② 操作者。此人专业使用此机。当他看见下面的车辆上钩后即开机上拉，待推车者到坝面上时便立即关机，钢缆即松弛了，便于车辆脱钩。这位操作者身材短小，上海人，人皆呼其绰号"小黄鱼"。他的确姓黄，由于从前是在小菜场卖小黄鱼的，故有此雅号。至于他的大名，我也不知道。

③ 钢丝缆绳。这左右两条钢缆约莫有两公分的直径，牵拉力非常强，在使用中从来也没有发生中途断裂的事故。如出现松动或其中有细钢丝断裂者，我们也立即更换之。

④ 拉坡者A。他将钢缆一端之铁钩向车头上的小钢圈中一套，以手示意，"小黄鱼"即开机，钢缆随即上卷，A顺手扶铁钩上之布带，随车而行。钢缆上卷之速度经过调节，甚缓，以保安全。图为上升至半途之情景。此时推车者只要扶稳车柄，稳步前行即可。

⑤ 拉坡者B。此人所钩之车已达坝面，"小黄鱼"见状立即关机，钢缆迅即松弛。拉坡者B便将钩脱下，同时，他带着空的钢缆下坡直奔，去迎接坝下排队之车辆，然后再如上法炮制，下面等候的车辆再度上钩……

总之，拉坡者A与B交互奔波于大坝斜面之上，推土之独轮车便不断被牵引至坝面，以电力代替人力，效率提高多矣。

⑥ 推车者将车推至坝面后，在指定之地点将土块倒掉。操作方法亦甚简易，只需将车柄向上直立，两只装满土块之筐自然会把土块倾倒而出。然后，推车者将车柄迅速恢复平时状态，空筐子也就回到原来的位置。因为两只筐子的后端有一根横木扎紧，而筐底也各有一根绳子固定于车柄后柄处，所以两只筐子在一倒一收之际，能够在同一时间内起降，干脆利落。

⑦ 坝上的平土者正在把坝上的碎土堆用圆锹铺平。铺土时需保持一定的厚度，为下一步的工序——打夯做准备。

⑧ 管工程的需要在工地上各处跑动，随时解决工程上的问题。他偶尔也会来到大坝上观察情况。

⑨ 记车次者要选择一个不妨碍施工而又可以坐着看清楚推车人面貌的地方。他身旁常常放一大搪瓷杯茶水，因为他不能随意离开。

⑩ 推车者在坝子下面依先来后到的规矩排队。如觉得等候时间还早的话，不妨点燃一支香烟，坐在车柄前端休憩一会，倒也自得其乐。

⑪ 车辆必须在"道板"上行驶，方能畅通无阻，如果直接在泥土上推行，那不消半小时，道路上便会给车轮辗出深深的凹槽，无法行驶了。所谓"道板"，就是采用木质较

坚硬的长条形的木板作为车道，又有"总道板"和"小道板"之分。总道板等于交通线上的主线，宽度应为三十至四十公分，厚约两到三公分，长度不拘，当然长一点的更好，总道板的保管与铺设由管工程者派人负责。小道板即等于交通线上的支线，其长宽、厚度也自然要求较低，其铺设与保管由各推车者自行负责。每个推车者各分派有一段挖土、取土的地方，行话称为"土塘子"。自土塘子到总道，犹如蜘蛛网一般，互相交叉连接，你来我往，川流不息，这个画面却也相当壮观——显示了人类与自然恶劣环境做斗争的精神面貌。

⑫　推车者在倒掉土块之后，推着空车抄一条小路走下坝面，回到自己的"土塘子"里，再次挖土、装车、推车、排队、上钩、倒土……周而复始。

　　再谈筑坝之事。

　　大坝距我们住的工棚约五里。各施工队所使用的独轮车以及其他劳动工具均有各自堆放的地方，包括各队的修车棚，都在工地附近。正式开工前数日，队长带着我们前往工地去熟悉一下地形。凡是推车组的人，都可以自己去挑选一辆独轮车，以后该车就归此人用。每人发了一根车辫子，自己往车筐中任意装些泥土，在空地上转圈。初学时，把车辫子背在肩上，两端的套圈套住车柄（车柄前端之下方有一个小木柱，可以保持车辫子在固定位置），可以省力。这是初步练习，没有人教，也无须人教，全靠自学成材，自己体验摸索。

　　其他人员也各做准备，平土者选好一把圆锹，拉坡者则自己做好垫肩、钩子。各组的车辆按组次竖起来排列，以节省空间。

收工後的独轮车竖立堆放

　　车子堆在修理棚附近，其他劳动工具都堆放在工具棚内。工具棚由一名老弱者管理，修车棚的管理者则必须是一个会修自行车的，补胎、修车，样样皆能。他们就住在棚内。我们上下工都是空手往返，要带的只是自己用的饭盆子、菜盆子以及汤匙，也有带西式叉子的，悉听尊便。倒是没有人用筷子，筷子易于丢落。

　　在这里，大家彼此尊重，管理人员亦然，从来没有发生过辱骂斗殴之事。在这里，劳动不是折磨人，劳动量是自己量力而为，没有硬性规定，你愿推五百斤就推五百斤，能推三百斤就推三百斤。

我的本职工作是宣传，并不需要推车，其他九个队里的宣传员也都不干体力活。但我的性格有点古怪。在小学、中学时代，老师就经常教导我们要少说话，多做事。我觉得，如果嘴里大喊大叫，催促别人多干苦干，自己却按兵不动，似乎有点难为情。再者，我喜欢锻炼身体，我发现这古老的运输工具独轮车，其结构颇具科学性。它把独轮作为支点，重物压在"最佳受力点"支点，偏前则车辆易翻，偏后则推车时觉得沉重。双手提起车柄时，竟觉得轻飘飘的。再说，孟子有几句很经典的话我还是没有忘记的，他说过："天将降大任于斯人也，必先苦其心志，劳其筋骨，饿其体肤，空乏其身……""大任"我虽从未盼望，但"劳其筋骨"，我却坚信能强身健体。因此，我把这独轮车看作是一种机械体操的运动器材。更何况，推车者自己刨土，自己装筐，自己推车倒土，自己再推着空车回来，整天就是重复干这样的活儿……没有任何人过问你的事，这可真正是个自由职业呀！因此，我选择既宣传又推车，两不误。

正式开工的前一日，全大队开大会，仪式甚是隆重。空场上搭起一个演讲台，四周彩旗招展，全大队人员集合，由大队长亲临训话。内容无非是谈到工程意义之重大，以及勉励众人群策群力，努力完成此项任务，等等。然后，各队均派代表上去发言。他们手持大红纸写好的"决心书""挑战书""应战书""倡议书"……慷慨陈词，情绪激昂。我们每个人都坐在地上。我只写过大红纸的标语和各种"挑战书""应战书"、等等，上台演讲则从未有过，可能队长也早看出了我的性格——我是一个不善于演说的人。

那天的伙食也大有改善。此前说过，我们的定粮是每月七十斤大米。吃法是，早餐是一顿浓稠的热粥，中餐和晚餐都是大米饭。早餐的菜是咸菜之类，中晚餐的菜是每人一大勺，虽是蔬菜，但分量足，油水还可以、味亦不差。现在轮到开工之日，我们均能吃到大块的红烧肉。不亦快哉！往后的日子里，每逢国庆等重大庆典，或中秋、端午等传统节日，伙食上也会有鱼有肉。有一次，开奖励大会，大伙房门口竖立着一块大广告牌子，用大字写在红纸上，告知众人今日午餐的菜名是：大力士踢皮球。

看名字便知道，这一定是一道江湖绿林好汉们享用的菜肴——如此粗犷、鲜活而生动的菜名！但到底是什么菜呢？等到吃的时候，我才知道是红烧蹄膀加上两个卤鸡蛋。

我们的名菜——
"大力士踢皮球"

工地开工的景象亦颇震撼，拙笔难以尽述。总而言之，工地上人山人海，推土的车辆从各个方向涌向土坝，平土的、拉坡的、打夯的，各司其职。各队宣传者则在本队车辆的要道口设立宣传站，同样是各显神通。有的用高音喇叭对着路过的本队推车者大声疾呼："满装快跑呀！"有的则高举早已写好的大字标语牌"大干快上"不停挥动（那家伙长宽都有一米多，煞是醒目），而且口中大喊："加油！加油！"由大队主办的广播站则不时播出："某某中队某某某，精神抖擞，奋勇当先，满装快跑，目前已经推土多少多少方上坝啦，大家加油呀……"我当然不能让自己中队的人员默默无闻，便在推车余暇，向本队各个小组的小组长进行采访，询问其小组内何人有何特殊表现，然后坐在车旁写稿，此类广播宣传稿每篇不过三五百个字，写毕也用不着交队长审批，我自己直接送到工地附近的广播站。每天少不了也有五六篇报道，以完成我的职责。写完，我仍继续推我的车。我推土的数量没有别人的多，可我还是坚持以推车为主业。

一九五九年间，社会上正在大跃进。各行各业都在"放卫星"，我们土方队岂有例外之理？各队都在大力宣传、鼓励"放卫星"。一日，我心血来潮，也想放一个"卫星"。原来此时的大坝渐渐有点高度，施工的决策者们认为有一种红土黏性很好，将此种红土置于大坝的中心位置，外层覆以寻常的土，必可使坝体更为坚固。此时红土已经派人准备好了，距离大坝有十里之遥，堆得像一座小山一样。于是，便通知各队去把此红土运来，再推上坝子。

我们来计算一下路程：工棚距工地五里，来回便是十里；工地距红土堆放地为十里，来回一次便是二十里。各队的推车者，最多者只能跑四次，因为这已经是九十里的路程了，何况还要加上装土上车以及推重物行进等因素，比空车行走要慢得多啊。

我突发奇想，要打破这个纪录，也放个"卫星"。

在前一日，我把我的独轮车车轮加足了气，轴承部分加了润滑剂（一种黄色蜡状物，旧式自行车多用之），又把它移至最外层，便于次晨取出。次日早饭后，我即加快脚步，第一个赶到工地，取到车，立即沿公路朝红土之堆放地而去。总之，一切都抓紧，时间分秒不能浪费。中饭是在半路吃的。大伙房有专人把中饭送到半途，等候推车者，来一个即打饭给他。我走到此处，即停车路旁，取出随身所带饭菜盆子，坐在车柄上吃饭。吃毕，毫不耽搁，立即前行……就这样，我终于往返了五次。等我把空车放回停车场，空手回到工棚时，已是夜色茫茫，途中一个人影也没有。当我走进第二组的三角棚，同伴们告知，晚饭已经给我留好了。在那个黯淡的、用一个玻璃瓶子做成的油灯下，我端起这碗冷饭冷菜吃下肚。伙伴们都一声不响，我也一声不响，一夜无语。

次日，队长并未当众表扬，我也不会去写稿来宣传。所以只有我自己知道：我放了一个"卫星"。

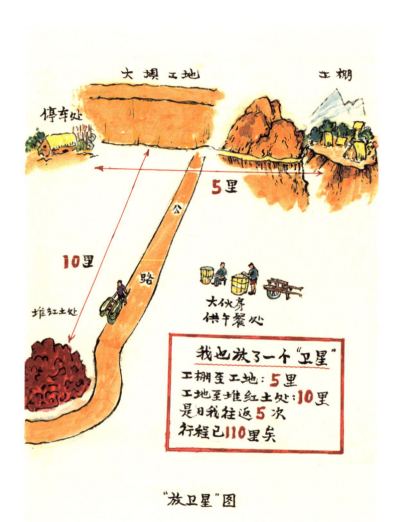

"放卫星"图

又一天，队长忽然叫我不要推车了，去跟队里一个姓吴管测量的干一天活。原来，出了一件这样的事，打过夯的土地必须丈量其面积，以计算工作量，在量面积的时候，照理应该态度公正，既不可任意放宽来虚报成绩，也不应该过分揪紧，那等于是克扣了劳动者的成绩。这个姓吴的却选择了后者，他故意揪紧尺寸少算。打夯者见自己的劳动成绩被无端少算，自然不服，因而便与他争吵起来。可这种假象却蒙蔽了大队的施工员，他对姓吴的非常满意，认为这是认真做工作，因为一般的做法，都是测量员给自己队里的丈量放宽。再者，他借此还可以造成自己"忙得很"的景象，因为他活儿不多，便借与别人争吵以消磨时间，与这个小组吵完，过一会儿又跟那一个小组吵，两番吵闹过后，开饭的时间也就快到了。我跟着此人在工地上转了一天，情况全看明白，便告知队长详情，第二天队长即将此人换了。

我们这个第二组的组长 L 君，本来是某工厂的小头头，办事能干，口才也不错。组长的任务是到队长所在的队部去领取物品，如晚上的灯油、学习的提纲、组内人员的家信等，自然，也要向队长汇报一些组内情况。

我除了负责队里的宣传、墙报工作以外，还兼任本组的学习组长。每晚七点至九点，是我们的学习时间。在一盏玻璃小瓶子做成的"煤油灯"照明下，我必须将写着学习提纲的纸条贴近这个"灯"至两三公分处才能看清楚纸上的字迹。学习时，各人坐在各自的铺位上,以自己的被子作为"沙发"的靠背,可以省力些。若在冬天,则不用多说便蜷曲着钻到被窝筒里,仅露个头顶或半个脑袋在外面了。每晚我看清楚了提纲,首先发言,启发大家轮流发言,同时用笔做记录。记录本是薄薄的、小学生用的练习簿。我记录完毕,交给 L 君,由他送去队部。

这个学习组长不好当。一般组员自己发过言便没有事,组长却须用心听取每一个人的发言,还要摘取其中心内容和要点记录在簿子上。吃力也就罢了,遇有别人犯了"错误"时,还须对他进行"帮助",指出其"错误"之处,有时须加以批评。这样便容易得罪人,是不讨好的事。世上像子路那样"闻过则喜"的人太少了。命运总是和我开玩笑,我喜推车,可搞宣传和学习组长这两件差事,自一九五八年十月我来到这里,一直到一九七九年十一月我离开六安汽车齿轮厂总装车间,二十一年来总是由我担任着,一天也没停止过。

在这段长长的特殊时期里,对于别人的言行,我从不断章取义,捕风捉影,移花接木,加油加酱,并以此来陷害人家。

到一九五九年底,逐渐有了点风声:要开始解除劳教了!附带说明一下,在当时的政策中,劳改是指犯了刑律被拘捕的,故劳改满期称为"释放"。劳教是指未触犯刑律而被单位送来的,称为"受到最高行政处分",并未拘捕,又何从释放呢?故劳教一旦认为及格,便宣布"解除",不称"释放"。

　　解除劳教并不是一下子就全部放开，皆大欢喜，而是分期分批，根据个人表现和具体情节慢慢展开的。而且在正式实施之前，还要搞一个试点，看看下面的反应究竟如何，极其慎重。就在正式宣布第一批解除劳教者之前约个把月，大家又召集起来开了一个会，会上宣布解除了两个人。呀，数量如此之少呀！这要等到何年何月呀。会上宣布的两人都在我们队里，他俩表现虽普通，然而都是工人出身。是日，我们当然展开学习讨论，大家的反应一般都是正面的。有的说："既然有两个，那么，说明以后的机会也就来了。"有的说："看了他们，我们信心更足了，以后更要加油干。"这样，试点就算成功了。

　　我们大队正式宣布第一批解除劳教人员名单是一九六〇年一月十六日。这天，队里也是搭起演讲台，会场四周飘扬着各色彩旗……两千多名劳教人员都兴奋起来，大家等这一天等了多么久啊！

　　我们事先对名单一无所知，就好像电影导演或明星在电影节上等候奖项颁布一样，充满了神秘和期盼哩。经过大队长训话及种种仪式之后，终于到了宣布名单的时刻。这第一批名单总数大概只有十余人。大队长宣布，我们第二中队里有两名：一是饶平如，一是葛某。

　　我心中一震，兴奋、激动，各种复杂情感翻滚胸中，难以形容。待心情平复后，首先当然是写信给美棠，告知此大好消息。

从一九五八年九月二十八日宣布我劳动教养到一九六〇年一月十六日宣布解除我的劳动教养，我实际上劳动教养的时间是：一年三个月零十九天。

大队方面又宣布，凡解除劳教的人员，另外组成一个队，称为"新生队"，乃是"脱胎换骨，重获新生"之意。数月之后，便又有一批，数月之后，又来一批，到年底之时，我们这个新生队，也快有一二百人了。此时，花凉亭水库的大坝工程已经完成，高达八十米。以后如何，我也不得而知，因为"新生队"此时已告别了花凉亭，转移到邱家湖、唐家湖一带。这里似属于农场风光，我们在此地也推独轮车，但推的是农场里的粮食、稻草之类，工作量并无指标，也许是代理农场的运输工作，详情不得而知。

这时，我们这班人被称为留队"就业人员"，因为我们有车可推，故而有"业"可"就"，并非闲散之辈。

就业人员有工资，起初由队长批定：工资高的，三十五六元，工资最低的也有二十二三元。总之平均三十元左右。我的工资是三十元。约一年后，改为"按劳付酬，多劳多得"。这样，相差之幅度就大些。老弱之辈干拉坡、平土者，仍由队长批定，不少于二十二三元。推车者，力气大的可得四五十元。我推车，由于力气不能与年轻者相比，故每月仍只得三十元左右。

就业人员还有一个待遇，就是每年可请假探亲一次，假期为三周。我们这些就业人员，常常不免要谈到这个问题：

"我们究竟要留到什么时候才能回上海、回家去呢？"

大队方面也没有确切的答复，只是说："安心就业吧，以后机会来了，自然会解决的。"于是我们只好时时期盼。

之后，劳教人员也一批批地相继解除劳教，两三年之后，劳教队也不存在了，统统变成就业队。自然，"新生队"这个名词的内涵意义也就逐渐淡化，以至于无。没有人再用这个词以后，取而代之的仍然是某某大队某某中队。

再之后，这些队便迁移到淮北的颍上、霍邱等县的荒野地区去修理淮河，仍旧是挖河、打坝，恢复土方队生涯。每一处，都是人烟极少的地区。我们自己在施工地段建造集体工棚、医务室、小型"病房"、修车棚、大伙房等一套与劳动生活配套的设施。管理干部则住在附近的民居。工地距离附近的小村镇一般都是五六里，远者十余里。由于我不上街，所以这些小村镇的名称很难记得，只知道有一个叫"大顾店"，也不知它属于哪个县份。一般来说，一处的治淮工程也就少则一年，多则二年便告结束。在一九六〇年至一九六八年这几年中，这种施工的地方，大致搬迁了五六处吧。从这几年土方队就业生涯中，择其有趣味者，记录几件于后，聊资谈助。

第一次回家探亲

时间到了一九六〇年的初冬，我们队换了一位姓原的队长，地点也迁移到了临淮岗附近，距临淮岗五六里路。

这年冬天，我请探亲假返沪获准，万分欢喜，并先告知了美棠，她亦欣慰不已。然而亦有诸多问题接踵而来。

首先是衣服。我现在的冬衣是无面目见江东父老的，实在太破烂，只好向同伴庄贤敏借了一件蓝色布面的短大衣，有六成新，尚可穿得出去。假期为二十一天，这期间粮票不发，改发三天的干粮（称为"海棠糕"），我到大伙房一间屋里，地面有一大堆海棠糕，用麦粉加上葱、盐，拌后置于铁制模具内入油锅煎熟后捞起即成。他们用铲子铲起来称给我。好在是冬季，放几天并无大碍。

我用一个书包式的袋子装着，身上尚有少数美棠寄给我的全国粮票，加上借来的三四十元钱，便兴冲冲地出发了。

这次探亲返家，第一天我自临淮岗出发，须步行五十里，先到正阳关歇脚。这五十里都是山路，有时穿过山崖，路边即是深谷，且有流水潺潺，虽说是荒山旷野，但对于我来说，却像小鸟飞回到了大自然，那种愉快心情，难以用笔描述。步履不停，至下午五时左右我已达目的地，择一个简易小旅馆住下。我走入店堂，在唯一的一张正方形木桌旁边找个凳子坐下，幸有全国粮票，遂叫了一碗炒米片（似上海的年糕），里面还有几根青菜。吃毕，进入客房，乃是一间约十二平方米的小房间，墙壁刷得雪白，看来颇洁净。靠墙壁有一个长方木质条桌，其上有两个红色壳子的热水瓶。那时的服务员可不同于现在，泡热水须客人自己动手。我略微清洁了一下，便倒头入睡。

第二天，由于正阳关没有公路车直通六安，我须步行三十里至一小村庄（忘其名矣），方可买至六安之车票。到了该村等车，车子迟迟不至，同行者约有五六个旅客（都是农村中农民），左等右等，直到下午四五点钟光景，一丝斜阳还在照射大地，它终于摇摇晃晃地来到了，是一辆破旧客车。大家蜂拥而上，颠颠簸簸，在傍晚到达六安。我进六安站，先买票，车是第二天的。睡觉怎么办？哪里敢去找旅馆，我干脆就在六安的购票厅中，倚墙而坐，似睡非睡，挨过一夜。

第三天，乘公共交通车至合肥，车辆较为光洁，同行的旅客衣着、谈吐皆与昨天不同，毕竟是城里人了。抵达合肥车站后，我先买到上海的车票，也是次日发车。合肥车站外面有一个较宽广的场地，各种小贩摊子星罗棋布，花样甚多，还有摆地摊的，除吃食外，卖用的、玩的，灯火通明。我拣便宜而实惠的点心充饥后，东游西荡略微走一会儿，仍回到合肥站的售票大厅，找个长凳，似卧非卧，再度过了一晚，幸亏当时天气并不太冷，我还能撑得住。

第四天，才由合肥乘火车到上海，从火车站挑着担步行回到新永安路十八号家中。

一到家，恍如一梦。其实人的一生又何尝不是梦？回头一望都是很短暂的时间。

美棠见了，自是欢喜，孩子们见了，也欢呼雀跃。岳母赶紧把袋中许多我路上不便取食的海棠糕倒出来，一一揩拭干净，置于阳台上晒一晒，然后发给孩子们。他们从未吃过什么零食，这个来自安徽的农村点心，他们倒也吃得津津有味，不多时便吃光了。

离别时，我与美棠互道珍重。我常在信中写两句中国俗语"留得青山在，不怕没柴烧"，英语中也有类似的谚语"There is life, there is hope"。活着就有希望。此刻面对面地相见，更加坚定了我们的信心。

当时正值三年自然灾害时期，在我告知美棠将要返家的消息后，美棠早已悄悄地做好了一些准备——用钱节省更节省，以便回来时可以宽松一些。此外还须积攒一些票证，以往都是送给邻居的，临近我归家就不送了，比如就餐券。何谓就餐券？就是你如果要到饭店或点心店吃东西，除了要付钞票、粮票之外，还要拿出一张就餐券，否则吃不到东西。某一天，美棠和我二人到城隍庙一家有名的小吃店，各人吃了一碗汤圆，就是凭这张就餐券才吃到的。我久离上海，忽尝此美味，其愉快之心情自不待言。

又一次，申曾大概学校有事错过了家中午饭，这时，其余各个孩子均未回来，我就慷慨地说："我带你到外面去吃高粱汤圆吧！"申曾闻言，喜不自胜。本来，在金陵东路、溪口路附近有一个专卖高粱汤圆的摊子，距家不远，不料当我们走到该处，摊主说汤圆已经卖完了。我从申曾的眼神中看出他那沮丧失望的表情，心里也很不舒服，但又能做些什么呢？

五岁的女儿小红，见我回来了，也很开心，吵着要我带她出去玩耍。我带她顺着外滩的沿江人行道向北走去，走到一个小转弯处，见有一个卖烤红薯的，便掏出口袋里本来不多的零钱，花六角钱给她买了一只中等大小的烤红薯。她大喜过望，接过来边走边吃。我们走到黄浦公园，没有看门的，也没有游客，里面一个人也没有。但我还是牵着她进去，在右侧不远处有一个跷跷板。

总算带女儿去游玩了一次"儿童乐园"

我让她坐在一头，我扶着另一头……总算是做爸爸的带着女儿逛了一次"儿童乐园"。

还有一次，算是有惊无险。这天中午，孩子们都不在家，美棠忽说："今天不搞饭了，我们到外面去吃饭吧。"我自然也兴奋起来。美棠收拾了一下，我们便出门了。所谓"外面"，并非酒楼、饭店等正规店铺，乃是延安东路口、江西南路上的一家极小极小门面的地方，外面既无招牌，里面也无收银台、收银员等，只开着半扇门，我们侧身而入。那时候，有些里弄办有公共食堂，这估计是公共食堂所办的一间对外营业的小场所。进入里面，是一间大约七八平方的地方，右面一间更小，我看只有五六个平方，门上挂着一块布作门帘，里面摆一张小条桌。我和美棠便走进这个小房间，对面面坐，已有局促之感，如果四五个人要进来的话那就叫"高朋满座"了。美棠叫了两个简单的菜，一小盘炒蘿菜、一碗蛋汤，还有两碗饭。那盘蘿菜切得极短，只有一公分长短，让我至今未忘。且说菜端来了，汤也来了，美棠和我端起饭碗准备吃饭——我俩可是很久都没有这样相聚在"饭店"里了啊！正在此时，美棠眼尖，忽见一个戴着大盖帽的人从外面进来了。美棠赶快人一缩，头也扭了回来，不再朝外面看。我心中感到这事一定非同寻常，赶紧埋头吃饭，不声不响，就这样等待了约莫有二十多分钟。幸亏还有个布帘子遮挡，此人只在外间转了一会，并没有发现里间还有人。估计人已走了，美棠出来，匆匆付了账后我俩回家。路上美棠才说，你道此人是谁？他就是管我家户口的户籍警 W 同志呀！美棠每次申请里弄补助金（一般五元、六元，最多十元），都要经过 W 同志的一关。要是给他看到一个申请困难补助的人居然能够有钱上"饭馆"吃喝，那想申请困难补助的时候，不用说，也就免开尊口了吧。

自那以后，我每年探亲一次，直到一九六六年"文革"开始后停止。又等了十年，到了一九七六年"文革"结束，我才继续回上海探亲。

研究木牛流马

　　我的父亲在南昌执行律师业务时，曾订了两份报纸：一份为《民国日报》，那是江西省的省报，大都是本省的消息，而且只有两大张，印刷质量也欠佳；另外一份是上海出版的《申报》，虽说当天不能见报，要次日才能看到，但它是厚厚的一大摞，而且纸张洁白光滑，印刷精良，翻看时便有一股油墨香味扑面而来，我很是喜欢翻看。

　　那时我是一个正在读小学五六年级的少年，对新闻与广告的兴趣不大，我最爱看它的副刊《自由谈》和每周六加赠的图片专刊。《副刊》让我可以看到许多天南地北、海阔天空的新文章；后者，则有丰富的漫画和政治新闻图片，也很是吸引眼球。在某一期的副刊中，我曾读到一篇文章，篇幅不长，千把个字。它考证了三国时期诸葛亮发明的木牛流马，结论是木牛流马其实就是现今乡村中使用的木制独轮车。如何考证早已不记得，但观点我当时便印象深刻。只是当时的我做梦也不会想到，在多年之后，我竟然会自己推着木牛以维持生计，长达十年之久，还积累了不少推独轮车的经验心得。

我本来不是一个研究历史或喜欢做考据学问的人，但由于偶然的机遇，进入了这所"劳动大学"——这是我们劳教人员对于劳教单位的昵称，又有幸和乡村木制人力独轮车结缘十年之久。在广阔的平原上，在狭窄的乡间田埂上，或在崎岖曲折的山区小径中，我推着独轮车，运送过粮食、木材、泥土等各种重物，都能畅行无阻，推车之技术虽不敢自夸为炉火纯青，却也堪称驾轻就熟，对其性能、结构也有相当了解。现在，就将我对独轮车的一些观察和对史书中木牛流马的猜测书写于后，勉强算是我在"劳动大学"里的"毕业论文"吧。

关于木牛流马，《诸葛亮集》记载：

"木牛者，方腹曲头，一脚四足，头入领中，舌著于腹。载多而行少，宜可大用，不可小使；特行者数十里，群行者二十里也。曲者为牛头，双者为牛脚，横者为牛领，转者为牛足，覆者为牛背，方者为牛腹，垂者为牛舌，曲者为牛肋，刻者为牛齿，立者为牛角，细者为牛鞅，摄者为牛秋轴。牛仰双辕，人行六尺，牛行四步。

载一岁粮，日行二十里而人不大劳。"

但如何解读这些文字，历来有诸多说法。有人认为木牛流马就是经过诸葛亮改良的普通独轮推车；也有人认为诸葛亮不会如此平庸，木牛流马是自动机械，或者至少有一些复杂的齿轮结构。有人认为木牛和流马是同一样东西；也有人认为木牛和流马是两物，分属独轮车和四轮车，适应于不同的地形。

所有观点里，我最同意第一种意见，即木牛、流马是诸葛亮改进的普通独轮推车。在讨论这个问题之前，我觉得似乎应该首先考虑以下两个方面的具体问题：

首先，路况方面——蜀道之难，难于上青天。我一九四三年春在成都军校毕业时，曾与邵文光、周廷光两位同学结伴，取道三峡，返回江西至国军 100 军报到（该部队时驻江西永丰）。我们在三峡某处乘一条竹筏船（船中满载许多坛罐，不知内为何物）顺流而下，经过一片又一片称之为"滩"的凶险水域。所谓"滩"，就是航道又浅又窄，江水湍急的地方。由于水浅，江中大大小小的石头都清晰可见。大的或有像桌面，或有像篮球那么大，小的或像饭碗、像网球。有的裸露在阳光之下，即使在水下，也都不深。这时，船老大为了减轻船的负重以避免触滩，叫我们三个人上岸步行十余里，到了水深处再上竹筏。这个"岸"可不是"春风又绿江南岸"之"岸"呀，它其实就是悬崖峭壁之间的古栈道。我于是亲身体验了一回蜀道的艰险。路一般是沿着山的石壁，人工开凿出一条弯弯曲曲的石径，用大小不等、有一面较平的石头铺成，一米来宽，高低不平；有时遇到上坡下坡，石块即铺成石阶状以适应之。更有甚者，有的地段并不凿路，而是在山壁上凿一排洞，横插巨木以作路基，排列成行，然后在这些巨木上架起木板，这便是"路"了。山势蜿蜒，这种"路"也就顺势延伸；再说，"路"旁没有任何护栏啊，向下看去，只看见江水和石滩，惊险万状……

在这种路况下，可想而知，只有独轮车方可勉强通行。别说二轮、三轮、四轮，甚至有观点说"人或畜在前面拉，后面有人推"了，这些都是办不到的呀。

再者，前进的道路总不会永远是直线的，总要转个弯儿。在这种山路上，转弯抹角之处更是多得很，有的弯度甚至呈九十度角。众所周知，车辆转个弯，必须要有曲半径。试想，一辆二轮、三轮，甚至四轮的车子，在这种路况的山间小径上，要转一个几乎呈直角的弯，在宽度仅一米多的路面上，能做到吗？我看做不到。

但是，独轮车之妙，就妙在它不需任何曲半径。它只需车轮停止转动，在原地向任何方向转弯后，再开始推车前进。可以说，独轮车所需的曲半径为零。

故此我认为，为蜀军在蜀道上担当运输任务，只有独轮车才做得到。

其次，木牛流马的制造数量方面，诸葛亮先生制作木牛流马，其目的在于解决蜀军的后勤补给问题——运送大量的粮草，所以，木牛、流马的需要量是相当大的，必须能批量生产才行，并不是像现今的科学家在实验室里搞研究、做试验，千辛万苦地做出一两个样品便算了事。如果木牛、流马是永动机、有齿轮结构的机械、新颖的自动机械等如此精巧复杂的玩意儿，还能够大批地生产吗？再说，诸葛亮虽然智慧过人，但在当时的历史条件下，他脑子里能够产生如此先进的理念吗？有关永动机这一类机械的推测，似乎应该加以排除为宜。

既然是运送物资的车辆，为什么不直接称之为"车"，而偏要称之为"牛"或"马"呢？我想，不外是两种原因。第一，是保密，也是用来迷惑敌军的手段。比如在第一次世界大战时，英国人首先发明了战车，但他们却称之为"水箱"（tank），结果现在仍然称战车为"坦克"车。第二，中国古人给新鲜事物取名字大概喜欢联想，由于牛是用来负重运输的，也就称这种改进后的车辆为"木牛"。既命名为"牛"，它的各个部件也就顺理成章地根据其大致相似形状、位置或功能以牛的躯体各部分来称呼。

由于古人的描述好像密码，要破解密码，我们首先要排除这些语词中的幻想或比喻成分，根据其字里行间的象形意义，进行解码，来推测其到底指的是什么，这样做似乎更能接近实际。

二十世纪五十年代我在安徽所使用的独轮车，其结构经过现代人改良、简化，已经不大像牛了。可要追溯到二十世纪三四十年代，在我的故乡江西南城县的农村里，我尚见过一种人力独轮车（我们称之为"土车子"），的确还有些像牛。当然，这种"像"也只能说是中国国画大写意画派中的所谓神似而已。这可能是由于当时江西农村制作独轮车的工艺还保留着古法之故。例如，在当时土车子的前端，有两根纵向伸展而略呈弯曲状的木柱，还有两根横向突出但较短，并不弯曲的木柱。以此来解释"曲者为牛头""横者为牛领"，我觉得似乎有点神似。

现在，我依照脑海中对故乡土车子的记忆，将它的形状重新描绘在纸上，试图以此来推测古代的木牛究竟指的是什么。我的推测如下：

1. "曲者为牛头，双者为牛脚"——土车子前端的木柱略呈弯曲状，向前倾斜，这可能指"牛头"。车子停下时，在车身后方左右各有两个木柱（甚短，高约三十公分），和车轮形成三个支撑点，用以支撑车身。这一双木柱子，堪称"牛脚"。

2. "横者为牛领，转者为牛足"——土车子前端有横木，是用以固定车身之结构。由于它在前端，"牛头"之下，称之为"牛领"，不亦可乎？转者为牛足，一辆车子的部件中，能转的东西是什么？这个谜语让善于猜谜的人一猜就着，这不就是车轮吗？范文澜先生也说过，"所谓一脚就是一个车轮"，我非常同意。读者可能要产生疑问：怎么木牛有"足"又有"脚"了呢？其间有什么区别

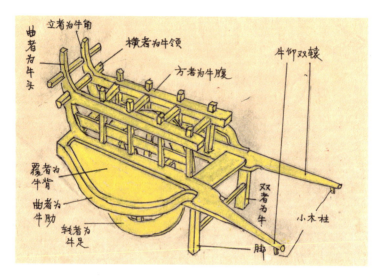

立者为牛角
横者为牛领
方者为牛腹
牛仰双辕
曲者为牛头
覆者为牛背
曲者为牛肋
转者为牛足
双者为牛
小木柱
脚

上世纪三十年代江西南城农村
中普遍使用之木制独轮车(土车子)

吗？我的看法是：这种事情不必去钻牛角尖。本来，古人给独轮
车取个名字叫"木牛"，其他部件类比其形状、部位、用途而以
牛的身体各部来命名，本身就带有很多随机性、趣味性。只要领
会其所指的本意，会心一笑就可以。我觉得，把一辆木制独轮车
称为"木牛"，确实具有现代人的所谓创意，至于把它当成真的牛，
而且要求每一个部位的名称都必须严格符合实际，反倒缺失了一

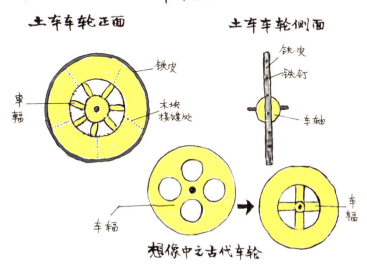

上世纪30年代江西南城
农村的"土车"车轮

土车车轮正面　　　　　　土车车轮侧面

铁皮　　铁皮

车辐　　铁钉

木块　　车轴
接缝处

车辐　　车辐

想像中之古代车轮

点浪漫的随想灵感。附带说一句，我少时所见的这种土车子轮盘
四周，还用铁皮包着，用铁钉固定之，以便耐磨损。

3. "覆者为牛背，方者为牛腹"——独轮车的两侧各铺有长
条形的木板，覆盖在车架子上，这个部位用以堆放物件。有时，
在上面垫些棉被、毯子之类的松软之物，还可以供人乘坐。旧时
农村妇女回娘家、走亲戚，都坐这种土车。其优点是无论田埂小径、

独木单桥，只要人可以行走，它便可畅行无阻。缺点是没有防震装置，走泥土路还好点，若遇石板路，铁皮包的车轮与坚硬石块硬碰硬，"咚咚咚咚"连续不断地震动，叫你吃不消的。我在少年时代坐过这种土车子，简直震得屁股发痛，心脏也随之"怦怦"地跳个不止。那时我十五六岁，一方面坐这种车子好奇，另一方面我还能硬挺下去。总之，味道不好受。牛马负重，总是它们的背部，所以，称这两块覆盖于车架之上的板子为"覆者为牛背"，就其功用而言，是名副其实的。

在这两块木板与当中的车轮之间，有一个略呈长方形（也许古代为方形）的木架子，用以隔开车轮，避免人或物与轮盘相碰撞，这个木架子位于车子的当中位置，乃独轮车的中心地带，称之为"牛腹"，未尝不可也。

4."曲者为牛肋"——在独轮车车架两侧的最外方，有两根坚实而微呈弧形的木头，即两块长条形木板的边缘，前接车头，后接车柄前端。这是用来加固车身的结构，它们使全车坚固地结合成为一体，犹如动物的肋骨，起着支撑、加固、保持车子不致松散的重要作用。它们是弯曲的，故称"曲者为牛肋"。《三国演义》中还提到了它的尺寸："肋长三尺五寸，广三寸，厚二寸二分……"据我所知，汉代的尺比我们以前所用的市尺要小，以这个标准来衡量，在我的回忆中，这个数字和我所见到的实物，倒是非常接近的。

5. "一脚四足"——我看到网友整理各方说法时，援引一位专家的观点说"所谓一脚就是一个车轮"，这句话我同意。至于他说"所谓四足，就是车旁前后装四条木柱"，这一点我有不同的看法。

大家都看过杂技演员骑独轮车的表演吧。他坐在高高的坐垫上，两脚踏着踏板，其下有链条带动独轮，只要保持轮子不停地运动，他就可以行动自如，不会倒下来。如果在轮子前后装上木柱，反而变成了障碍物，他玩不成这个把戏，非倒下来不可。

推独轮车也是一样，只要车两侧装载的重物重量平均，车轮在运动，哪怕只是缓慢地运动，也平衡得很，绝对不会倾倒。如果在"车旁前后装四条木柱"，那可使不得，因这些木柱变成了障碍物，万一它们触碰到任何物体，哪怕极轻微，独轮车也会失去平衡而倾翻在地。

"四足"又是何物呢？我的猜测，乃是指四个车辐。

6. "牛仰双辕，人行六尺，牛行四步"——我们知道，"辕"是指车前的直木或曲木。但如果在独轮车前面装有两辕，"引进时人或畜在前面拉，人在后面推"，以这种方式如何能够在艰难的蜀道上前进呢？难道我们忘了《三国演义》中的描述"剑关险峻驱流马，斜谷崎岖驾木牛"了么？此其一。独轮车的构造在车身后是有两根棍子（俗称"车柄"）以供推车者双手握住、推车前行的。我的推测，"双辕"二字，不是指独轮车前面"装上两根棍子",而是古人借指独轮车后面本来就有的两根用以推车的棍子,也就是车柄。此其二。"牛仰双辕"意思就是这辆车子仰赖后面的推车者握着这两根车柄推着前行。因为车靠人推行,人和车之间就形成了"人行六尺,牛行四步"的同步前进关系。我的推算如下——

"人行六尺",粗略地计算,三市尺为一公尺(尽管汉代的尺比市尺要小些),即人行二公尺。我依稀记得,曾在图画书上见过,古代的车轮并不像现在这样有较多的车辐,只在轮中挖四个空洞便成,这样做的原因是,可以减去车轮一些不必要的重量,而且制作起来也比较简便。任何器物的改进、发展,都是由简单而渐渐变得复杂和更为实用的,这也是事物发展的规律。因此,我推测,古代的车辐,先是四个空洞的形状,然后改进成四个直的车辐,最后,又由于工艺技术的提高,逐步变成像我故乡的土车子那样,有了多个车辐。汉代的车辐应是四个,故有"牛行四步""一脚四足"之说。

古人把"车"称为"牛",把"轮"称为"脚",那么把"辐"称为什么呢?称之为"足"也许更为靠谱。所以,我认为上文中的"一脚四足",不是另外在车旁前后装四根木柱,而是指车轮中有四个车辐。

这样,"牛行四步",每足算是一步,也就是说车轮转了一个圆圈,回归到原点。走了多少距离呢?一般而言,这种独轮车的车轮,其直径约为七十公分。若以此标准计算,车轮的圆周长度

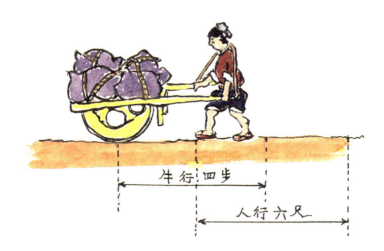

牛行四步

人行六尺

人与车"同步"前进之示意图

车辫子

套圈

牛鞅(车辫子)图

便是两百一十公分，即接近于两公尺。

"人行六尺，牛行四步"，这两句话，是在形象地描绘人和车同步前进，所移动的距离相同。试想一下，这不正是一个人推着独轮车在行进的画面吗？

7. "立者为牛角，细者为牛鞅"——前一句，参照图 13 中二十世纪三十年代我故乡农村的独轮车，前端有直立的两条木柱，极像牛角，这句话便很易理解。但"细者为牛鞅"又是什么呢？我先从"细"字上揣摩，独轮车的部件，包括它的附件，有什么东西是"细"的？我忽然想到，"车辫子"最细。所谓"车辫子"者，乃是我们推车粗鲁人的行话，其"学名"我至今也没找到。它以细麻绳编织而成，宽约三四公分，长约一百五十公分。两端各有一个环状物，暂称之为"套圈"吧。使用时，将车辫子背在两肩上，用套圈套住车柄。车柄上有个小木柱，是用来防止套圈过度滑向车柄前方的。

牛鞅的原意是："牛拉东西时架在脖子上的器具，也叫牛鞅子。"[1]

现在它是木牛，需要人来推动才能前行，那么，这个牛鞅架在推车人的脖子上，也就不足为奇了。

车辫子对初学者有用，因为可以减轻一些负担，得一点借力。

---

1. 据《现代汉语词典》修订本，商务印书馆出版，1999 年。

但对于我们这班老手而言，是绝对不需要的。因为我们在装车时，就已经把重量分布得极为恰当，装载物（常载的当然是泥土）的重心恰好在车轮圆周与地平线相切的切点上，这也就是支点。重心若在支点之前，则车子不稳，极易倾倒，也很难推车前进；重心若在支点之后，则越后你越吃苦头，因为重量正压在你的肩上（如果你用车襻子）或手上（如果你不用车襻子）。只要重心适当，则提起车柄之时感觉是轻飘飘的，正如俗语所说"四两拨千斤"。此外，在倒土之时，只需将车柄用两手向外一掀，则两筐土块立即倾倒在地。如果此时用了车襻子，两个套圈套住了车柄，势必先要将车停下，再将车襻子的套圈自车柄上退出，然后再提起车柄，向外一掀倒土，这样，用车襻子岂非自找麻烦？此中奥妙之处，存乎一心，只可亲身体会，难以言传。顺便套用两句古人诗句，此真乃所谓"推车千古事，妙手偶得之"耳。

8."宜可大用，不可小使"——如果你要运送沉重的东西，三四百斤或五六百斤，此是"大用"，则宜用独轮车来运送；如果小事一桩，不过一百来斤或几十斤的东西，那就不必用独轮车了，自己肩挑背负，走山路轻捷多矣，所以宜大用而不宜小使，此理甚明。

9."载一岁粮，日行二十里，而人不大劳"——这里谈的是载重问题。"一岁（即一年）粮"该是多少斤呢？在计划经济时期，我的定粮是每月三十八市斤，可作为壮年男子每月用粮的参考。为简便计，算是四十斤吧，则一年的口粮应为四百八十斤。根据我们推独轮车的多年经验，一辆独轮车的最佳载重量，确实只是五百斤左右。如果超过这个界限，达到六百斤甚至更多的话，一个壮汉虽然推得动，但操纵车辆便有相当难度，不但极易发生倾倒现象，且也不适宜长途在山路上运输。反之，如果只装载三四百斤，则又过于保守，没有充分发挥独轮车的运输潜力。所以，每辆独轮车"载一岁粮"不是诸葛亮先生主观随意订定，而是经过实践证明最佳而可行的载重量。

10."特行者数十里，群行者二十里也"——这里谈的是行进速度问题。如果身体特别强健，而且又是单独行动，则一天走数十里是没问题的。但如果是集体行动，例如在运粮队伍之中，由于人员体格强弱不齐，必须互相照顾，同时并进。还要考虑到只要有一辆车在中途发生故障，则会影响全队的行动。再考虑山路崎岖，而且要长途行军。故诸葛亮先生只要求每天走二十里。推车的军士自然不大感到疲劳，可以持续运输。这是诸葛先生稳妥之计，只要求平安到达，不出事故方好。

一个成年人推着载重五百斤左右的独轮车一天只走二十里山路，可以办得到，这样做也可以持续多日行军，书中所说"而人不大劳"是确实的。

如果读者再问一句："流马又是什么模样呢？"

我只推过"木牛"，并未接触过"流马"，所以很难回答。不过，我可以提供一个线索。

二十世纪四十年代我曾在四川成都见到过另一种模样的人力独轮车。

它的车轮直径较小，呈圆盘状，没有车辐。车身前部呈弧形，轮盘之上架有一片片的竹板，故不妨碍轮盘转动。表面甚平，其上可以堆置物件。我看见四川的农民们头上裹着白布，肩上背着车辫子，推着这种车子搬运粮食或物件。他们称之为"鸡公车"。四川成都是诸葛亮老先生曾经治理过的管辖地区，有志于考证木牛流马的学者不妨去探索一番，最好是去穷乡僻壤之地探寻式样古旧的鸡公车，或有所获哩。

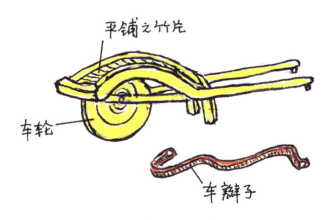

平铺之竹片

车轮

车辫子

上世纪40年代四川成都
农村中使用之"鸡公车"

最后，我想画一幅"蜀军木牛运粮图"
来结束这篇讨论。

诸葛亮的木牛运输队伍在蜀道上行进

版筑之间

　　我们在劳教期间的劳动，属于教育性质，当然是没有工资的；但当我们解除劳教，成立"新生队"以后，这时候我们就可以有工资了。现在据我回忆，当时的工资等级层次并不多，大概为三个或四个等级。其等级由队长根据各人所作劳动的贡献多少而决定。平均的工资是三十元，多的为三十五六元（不会超过四十元），少的为二十五六元，不会低于二十元。可是，每人的工资不能发现金，而是完全以记账的方式来表示收入与支出。既然身上没有现钱，自然没有上街、逛商店的念头。想买点东西怎么办？有办法。由队长指定一个有点算账能力的人替大家去办。大概隔个把星期或半个月，择一日，大家笑逐颜开，欢迎这个人来到本小组，每人报上自己所需要的东西，例如牙膏、毛巾、香烟、糖果……此人即取出纸笔，一一记载，有些会写字的则干脆自己写条子，写上名字，交付此人。现钱均由队长管着。这便称为"开大账"。

开大账时，管大账者与队长一齐上街，将众人托买之物买好，回来后三方分别交接清楚。各个队编成后，每队都有一个管大账的。

管大账者可以借买物品的机会上街玩耍，有些人贪图自己吃喝痛快，写账目反倒不放在心上。他们仅凭几本小学生用的练习簿子，用中式那种简单的记流水账方法，头脑中又无会计常识，日子久了，哪里搞得清楚账目呢？结果变成了一笔糊涂账。

恰巧此时，淮北地区又涨过一次大水，不止一个队的管大账者便都推说账本给大水冲走了，所以无账可查，想以此来搪塞过关。众所周知，钱可是人类的命根子呀！众人岂肯就此罢休，便集体告状。上面勃然震怒，下令追究法律责任。到后来，便有几个队里的管大账者，被判刑数年，送到劳改监狱去了。至于众人的钱，大都打了水漂，只好自认倒霉。

我们队里有位葛君，他与我原来在第二中队同一个小组。他是工人出身，年约二十五六岁，身体强健，劳动非常积极，是队里有名的积极分子。在以往的劳动中，他对我很好，经常照顾着我。例如，他选择和我在一起扛重物（大石头之类），总把重心尽量移向他那个方向，这样，两人同扛一个重物，重量大的便压在他的肩头，我便觉得轻松多了。有时同往乡间小径推车，遇到艰险之处，如狭窄的独木桥，他便先推自己的车子过去，停在路上，然后再回转身来替我把车子推过桥，如此等等，不必尽述。

由于先前体力透支，此时，解除劳教成立新生队后，他突然觉得无力再从事重体力劳动，无奈之下只得告知老队长。老队长转告新队长，新队长也相信他确有困难，遂叫他来管本队的大账，因为只有这份工作是个轻松活。葛君虽感到此工作甚好，但他文化程度不高，而且又不会算账，便害怕起来，担心自己无法胜任。正在为难之时，我觉得，这是我帮助他的时候了，便对他说："按照财务规矩，一个人既管钱，又管账，身兼两职，那是不许可的。应该是一人管钱（出纳），另一人管账（会计），分工合作才对。你去告知队长，你只管钱买物，写账的事由饶平如担任。我可以利用晚间学习时间来写账，白天照样推车劳动，并不会有什么影响。"葛君照我的话向队长汇报，队长欣然同意，于是，葛君和我二人共同管理大账的工作正式开始了。

我先准备好写账的必需材料（由队部备办）：日记账簿、分类账簿、传票（分红蓝二色，红色表示"借方"即收入、蓝色表示"贷方"即支出）。我告知葛君："你替别人买物，必须有书面凭证（纸张不限）。这凭证必须是别人的笔迹，绝不能自己写。"那时，我们队里时常有派小组"出差"的情况。例如某某粮店急需人力搬运，向我队求援，队长便会派一个小组，带上七八个人前往，时间十天半个月也不一定，任务完毕就回来。遇此情况，我告诉葛君："你只要把钱交给小组长，比方说两百元，回来时，你只向他索要用钱的凭证，叫他写明，某月某日某人用去多少……"然后我算盘一拨，算出总数确为两百元，就可以了。

在晚间，我开始写账：除了以日记账表明每次用钱总额外，还有分类账写上全队各组人员的名字，每人占用一页。我把众人交来的凭证（多数用的是包香烟的灰色纸，或其他乱七八糟的纸条，上面有小组长手写的张三李四等人）上各自用的钱数分别转录到他本人的分类账上，然后用算盘复核其总和，如果和日记账上的数额相等，这便证明了这笔账准确无误。于是我再写好传票，将这些凭证附于其后，到了一定厚度便装订成册，封面写明：此系某年某月某日至某年某月某日之传票——我完全按照正式的会计方法管账。我还编排设计了相应的会计科目，而且每月做月报表上交队部。至于每人的账页，我也每月结算各人的余额。到了月底，将各人的账页发给他们自己看看，如有问题，请来查询。

起初，确有不少人前来查询，甚至有人看到账单上用了一笔钱（我只写款数，不写摘要）便矢口否认，信誓旦旦地说："我肯定没有用过这笔钱的，我记得非常清楚的哟！"例如，一天王二麻子便拿着他的分类账页，到我的床铺前说："这笔某月某日三元两角的账哪里来的？我没有用过这笔钱呀！"我首先安慰他说："别急，请等一下。"然后我一翻某月某日传票后面的那张凭证，原来是六组组长李国太写的。于是我把他喊来，对他说："李国太呀，王二麻子说他没有用过这笔钱呢！"李国太凑过头来一看他自己写的小组中众人摊派的用钱凭证后，不禁怒从心上起，指着王二麻子骂道："他妈的，你这个臭瘪三，你忘了吗？那天，我和某某某等几个人在烧南瓜吃，你哭出呜啦地说：'让我也轧一脚（上海话，意即要凑一份之意），好吗？'大家好意让你加入，我们七个人在一个破庙里烧了一顿南瓜，每人还分到五根香烟，难道你吃了拿了还想赖账吗？"王二麻子被骂，想了一会儿便抓耳摸腮，做出似乎恍然大悟之状，说："哦——我忘了！"忙点头向我说："这笔账有的！有的！是我记不得了！"李国太余怒未息，回到自己铺位上时口中还在骂个不停，我则一笑置之矣。王二麻子也许以为时隔多日，可以赖掉，也许真的是忘记了，这种事情谁去管它呢。

类似事情又发生过几次，但结果都是查证无误，满意而归。渐渐地查问者也越来越少，以至于无。

再后来，想不到我的管账名声竟由此传播开了，大伙房的事务长想要调我到大伙房去管账，还说愿意用两个人来换我一人。结果队长不同意，此事作罢。以上情况是别人事后告知我的。

李国太指着王二麻子痛骂

《孟子·告子下》中有这样一句:"……傅说举于版筑之间……"

"版筑"指的是什么呢?博学的读者可能立刻回答:"版筑就是筑土墙用的夹板和杵呀。筑土墙时,在夹板中填入泥土,用杵夯实。《现代汉语词典》里不是解释得清清楚楚吗?"

倘若我再问:"你们有谁看见过版筑的实物呢?有谁干过这版筑的活,又住过这版筑造的房子呢?"

我估计,你们之中绝大多数都要摇头,而我,是能够说"Yes"的。

大约从一九六三年开始,到一九六八年夏季这一段期间,我们这些土方队的就业人员,干的是治理淮河的工程。有时是把旧河道挖深挖宽,有时则是从地平面挖下去,重新挖一条新河道出来。因此,工地都在荒野地区,我们的居住之所便须在施工处附近,先找一个较为平坦、干燥的地方,自建几所长条形的工棚。然后,还需建造或寻觅一些配套设施,如大伙房、医务室、修车棚、停车库、工具棚……

我们居住的工棚其实就是一座泥土砌的房子,建造的次序大概是这样——

在划好的白色石灰线(正规的说法应为"经始线")范围内向下挖,到了深度约五十公分时,即以之作为工棚的地平面,不能再往下挖。同时在工棚的两侧留出形如北方人睡的炕那样的位置,就成为我们所睡的床铺了(图1中黄色的部位即是炕面)。

约 5 m

约 1 m

约 2 m

台阶 50 cm

约 50 m

四周清除杂草

建造工棚的第一个工序——挖坑

A

正方形木版（共2块）

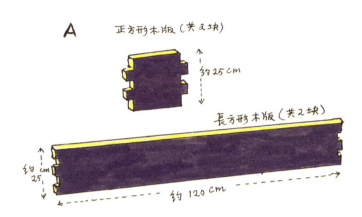

约25cm

长方形木版（共2块）

约25cm

约120cm

B

A　正方形木版与长方形木版
B　嵌合後之形狀

当然，冬天，其上要加些麦秸（脱粒后的麦秆），夏天则不必了，其上铺一条席子即可。准确地说，我们的床铺表面，也就是原来的地面。这是第一道工序。

在上海，有些居住在钢筋水泥公寓房屋楼上的老人，每日必须下楼到小区绿化地带，手扶树木，脚踏草地，活动一段时间才肯上楼，称之为"接接地气"。按照民间的说法，一个人长久不与泥土接触是不行的，人的脚踏上泥土地，身上的许多"废气"才能通过大地释放，对身体大有益处。

此说是否正确，我不得而知。不过，我在土方队十年之间，白天劳动在接地气，吃饭也接地气（白天在工地上，雨天则在土炕上），晚上睡觉也在接地气，一天二十四小时都在接地气，怪不得我目前虽然年逾九十，却也筋骨活络，思维敏捷，神清气爽，步履轻松。

地面的工程完成之后，接着版筑的工序就登场了。所谓"版"，原来是两块长方形的木板，呈灰暗之色，木质致密，很沉重。我不是木工，辨别不出是什么木头，但肯定是好木材，因为它平滑、笔直、不变形，长约一百二十公分，高约二十五公分，厚约两公分（我都加上个"约"字，因为仅凭当时的目测，并未现场测量）。另有两块正方形的木板，其边长与长方形木板的高度相同，也是约二十五公分。这些木板的两端均有突出部及凹槽，互相嵌合之后，即成为一个长方形的框子。

　　这套东西我估计是大队向村民借的。这可是老古董了，到哪里也买不到的。至于筑墙的杵，我没见到，但其代用品并不难找，用几块砖头也可以夯实泥土的。

　　使用时，可把这个长方形木框，置于要筑墙的地方。旁边运来一堆捣碎了而且筛过的泥土，用铁锹在当中掏一个圆圈，把适量的水加进去，然后加以调拌，要达到最佳的黏稠度，有时还加上一些切短了的麦秆以增加其凝聚力。

　　泥土调好，还要用绳子在长方形木框四周绕上几圈，扎扎紧，以增强木板框的抗力。最后，把泥土装入木框内，铺平铺匀，一层层地以砖头或其他硬物将土夯实，且最上一层的土要保持平整。待泥土干燥后，将绳子解开，把长方木框拆开，则一条长方形的低土墙已成功了。如此一层层做去，一层层地加高土墙至所需高度，即成。

建造工棚的第二个工序——筑土墙

此外，在适当距离及一定高度，须做一个边长约三十公分的正方形通气窗口，无需木制的边框，仅供空气流通而已。

土墙筑毕，即用直径粗约二十公分的大树干作为横梁，其上用略细的树干搭成"人"字形的三角架，又为增加强度起见，在当中或两侧各竖一根直立的树干。

木製的大三角架

这是第三道工序。

第四道工序，三角架按等距离搬上土墙，其上层尖端用一根横木加以连接，即形成屋顶了。这是大致结构，细节无须详述。

最后，第五道工序，我们用麦秸代替砖瓦。材料好找又省钱。无论是大风大雨，或是冰雹交加，我们的屋顶从来没有发生过一次漏雨情况。铺麦秸的技术恕我没有学过，以致无法描述。

工程完成之后，四周挖有水沟以防进水。此屋便可住人了。此种土房子倒也冬暖夏凉，空气清新，堪称宜居之地也。

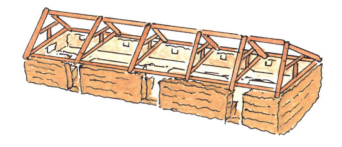

将三角架按等距搬上土墙

完工後之工棚外觀

现在有些久居都市的人们，苦于交通拥堵、噪声聒耳、废气排放、雾霾堪忧，往往想要在山村野趣之地，过一段乡居生活，调剂一下自己的生活。这种感觉我颇能体会。想当年，我住入这种工棚之时，青山在门，白云当户，明月到窗，凉风拂面，明霞可爱，流水堪听，至于PM2.5之类的问题，根本不在话下了。我早有此享受，而且长达十年之久，现在回忆起来，难道不是人生一乐乎。

大约在一九六一年或一九六二年，那时，我们这班就业人员所组成的就业队，并不做土方工程，而是在邱家湖、唐家湖一带为当地的公社或粮站做些运输工作。队长根据他们的工作需要，派出七八个人或一二十个人不等，由一名组长负责带领，带上车辆及必要的工具如圆锹、绳索等，直接到上述单位去干活，有时需个把星期，有时可长达半个月甚至超过一个月。根据工作的需要而定，反正把活干完，然后归队。这时，大伙房就要派一个"饭乌龟"（我们对大伙房人员之戏称）来参加，和我们同去。他的任务是负责我们的吃饭问题——包括去粮站领粮食，烧饭送饭。

某日，派了十余人出去干活，我亦在其中。此时，跟我们一起出差的"饭乌龟"名叫张义财。我对此君一直怀有好感，并无嘲讽之意。他为人非常有趣，甚至可爱。因为一件哭笑不得之事和他一句哭笑不得之语，虽事隔五十多年，回想起来依然能够引起我内心的微笑。

我们那次出差大概有半个月光景。我记得，他给我们送饭时，多数是每人一块三角形的大麦饼。大麦以前是马的食品，但在三年困难时期，有大麦吃就很不错了，虽不如小麦细嫩好吃，也别有粗粮的特色，而且更能耐饥。

可是某个傍晚，已到该吃晚饭的时候，他竟两手空空地来到我们住宿的一条船上说："今天的晚饭没有啦，欠你们一顿，明天早上再补！"原因他没有说，就扬长而去了。

欠晚饭一顿，这是什么话？只听说过借了别人的钱，由于周转不灵，欠一欠，过几天再还，这可以；又比如借了别人的书，还没有看完，想拖延几天再还，这也可以。但是，一顿晚饭怎么能够欠？就算是我的嘴巴肯答应，我的肚子是绝不肯答应的呀！

但这是既成事实，不答应也得答应。大家虽然怒形于色，但也奈何他不得，只好硬挺住。果然，众人的肚子不久便叽叽咕咕地响了起来，成语所谓"饥肠辘辘"是也。我知道，我的肚子也在提出抗议了，但无法可施，只好忍着。

到了次日早上，张义财果然实现诺言，我们得到了两块三角形大麦饼。大家都雀跃不已，这一顿早餐得来不易，"梅花香自苦寒来"，这句话说得一点也不错啊！

张君是个诚信之人，观其大名便知："义财"者，正义之财方要；不义之财岂会要？不义之事他也绝不会去做的。那次欠晚饭一顿之事，我猜想，也许他和粮站没有联络上，或者是，他去晚了，而粮店早已关上了大门，以致我们断了粮。事过境迁，谁再去过问这件事呢。

此乃极微小之事，但我觉得，人生中像这种小事也极难遇见的，故秉笔记之，并附一图，希望能与读者们一起来分享这个难忘的幽默有趣、可笑可叹的小故事。

傍晚，饭乌龟说出惊人之语

在一九六二年至一九六八年间，我们就业人员专业治理淮河，每日挖土推车，工作倒也稳定。此时我觉得，体力劳动是手和脚的劳动，手和脚十分忙碌，但相对来说，脑子却十分清闲。也可以说，脑子若不给它点事情做做，真是浪费了光阴！于是我想了一个办法，写信告知美棠，把那本叫 *English Echo* 的英语会话书寄来。由于一本书面积太大，很容易引人注意，不便温习，我便用道林纸裁出长约十公分、宽约六公分的纸条，把 *English Echo* 的课文一句一句抄上去，并加以编号……全书抄毕，一共四百一十八个号码。

这事说来话就长了。我念书时从初中一年级开始就有英文课，可我不喜欢学英文。那个时候，我脑子里全是崇中鄙洋思想，认为我们中国是世界上最伟大的国家，我们的文字是世界上最美妙的文字。其他国家，都是被称为东夷、西戎、南蛮、北狄的，那些文字有什么价值呢？所以我不用功学习英文，分数也只有六七十分，勉强及格而已，采取的是敷衍态度。

当时确也有少数像我这样的学生，抱着嬉皮笑脸的态度，还编有几句顺口溜，在我们这些同学中流传颇广：

英文不要多，

只要 Yes no，

You 是你，I 是我，

来是 come，去是 go，

① How do you do ? Good afternoon. Please come in. Take this seat. It's a long time since I've seen you. Yes, I have been very busy lately. I'm afraid I've been very remiss in not calling upon my friends.

正　面

② It is some time since I have been able to call upon you ; but I also have been much occupied of late. How have you been since I saw you last ? Very well, thank you. And you ? I've been a bit under the weather for the last few days.

背　面

我的"读书"纸条

还有一句莫忘了，

看球的时候要喊："good ball!"

到了三十岁的时候，我才觉悟到，自己犯了个极大的错误。这时是一九五一年，我到了上海，在十三舅创办的大德产科医院里做会计。他是个妇产科专家。他还办了大德产科分院、大德高级女子助产学校、仪韵女子中学和大德出版社。大德出版社除了出版他所译著的书籍以外，还在一九四五年创办了《妇婴卫生》月刊。当时只有一位责任编辑奚琼英，后来由于业务急速扩展，她忙不过来，该刊便聘请我做文字编辑和美术编辑，并兼任该社的会计。"书到用时方恨少"，此时我才明白，作为一个文字编辑，除了熟悉汉语语法、修辞、汉语拼音以及标点符号使用法之外，至少还必须通晓一国外语才行呀。否则，我的文字工作怎么能干好呢？"悟已往之不谏，知来者之可追。"于是，我急迫地想补习英语，开始注意有关学习英语的消息。

一九五一年夏季某日，我忽然在《新闻日报》的夹缝广告中看到一则消息："英人克莱顿教英语，住愚园路一千二百七十弄某号二楼，学费每月十五个折实单位。"我大喜，古人有云："取法乎上，所得乎中；取法乎中，所得乎下。"至少对初学、入门者而言，这两句话是有道理的。要学英语，自然以向英国人学习为最好。我遂于晚饭后乘自行车去找他。此位老师年约三十岁、英国人、原来是《大陆报》(*China Press*)的记者。每月学费十五个折实单位（那时政府为了稳定物价，安定人民生活，把米、煤等生活必需品的指数算成折实单位）也就是人民币四元钱左右。这位老师开设有多个班，我参加的是每周一、三、五晚上七点到九点的一班。同班同学有七八个人。克莱顿先生会说上海话，但不会写汉字。我们同学有个约定：一到他家就一律说英语，说不来就听，但不说一句汉语，谁说了一句，就罚他五角钱。这样做的目的，无非是希望创造一个说英语的环境，同时也可以多多训练大家的听力。上课时，他的教授法是这样，先闲谈十多分钟，例如天气、生活等方面，随便谈。然后，打开课本，讲解一段。再以后，按座位次序每个学生念一段课文给他听，有发音不正确者，他立刻予以纠正。

这课本名为"English Echo"，著者是一位英国的语言学家，出版于二十世纪三十年代。这是一本会话书，但它的编写和现在我看到的会话书有所不同。此书每段文字，并不说明其情景如何，也不将人物分别注明，而是将所有的会话语句内容排列在一起。作者在序言中曾这样写道："也许有些读者希望把对话中的人物清楚地标示出来，但作者却希望读者自己去区分这些人物。倘若读者不知道某个人物的讲话已经停止，而另一个人物正开始讲话，这就证明读者还没有完全了解课文的意义……"

我在克莱顿先生家中补习英语约有五年。直到一九五六年公私合营，此时政治学习忙碌起来，我才终止去克莱顿家，靠着英汉词典的帮助，继续自学下去。

　　每日背熟一个号码，由于纸条面积较为有限，句子短点的可写十多句，长点的只能写五六句而已。有时间记忆吗？有。比如早晚排队买饭，大伙房虽设有四五个窗口，但排的队伍仍很长，快点的要等一刻钟，慢的话甚至可达半小时。在此时我可取出纸条，读熟其词句，既无等待之烦，还有读书之乐。再说推车上坝，有时也要排队，而且，个人在刨土装车之际，兴之所至，也不妨把纸条掏出来默诵一下。总之，一天积攒下来，读书的时间约有两个小时左右，这是不会少的。这种纸条冬天可放在上衣口袋中，夏天赤膊干活，则置于草帽之下……这样一来，我既读书，又推车，做到读书推车两不误，脑力劳动与体力劳动交互进行。我用这个办法，每天背熟半张纸条（即一个号码），在劳动的七八年中，我周而复始地背诵着，总计已背过三遍。只有在队里搞大型运动时，我才暂停背书，运动一过去，我又"故态复萌，重操旧业"矣。

　　中国古人有一种读书方法，称为"暗诵"。方法是，先把文章读熟，能背诵之。以后，随便在什么地方，例如睡在床上，闭目而背诵所熟读之文章，品味其内容，欣赏其精彩之处，自有至乐，而且不用灯光亦可读书。

　　养成了这种习惯，却也妙不可言。到了晚间，我的身体虽然处于安徽某县荒山野岭之间茅草所盖的工棚里，我的灵魂却已飞越千山万水，到了欧罗巴洲的英国伦敦或其他城市，在异国他乡的餐馆、邮局、火车站、轮船码头、图书馆、珠宝店、大街上、普通人家的客厅里……我倾听异国人民父子之间、母女之间、朋友之间、顾客与服务员之间……各阶层人们的对话，把他们日常生活中的语言，和我国的语言相比较，大为不同，非常新鲜有趣，这是各个民族的不同文化。在工棚里暗诵英语，给我的夜晚多开了一个窗口，多了解了外面的世界，往日的生活也从未与我隔绝。

一九六六年五月至一九七六年十月是一段很特殊的时间，但对于我们这批在就业单位中的就业人员而言，简直是丝毫没有感觉，没有发现和平常日子有何不同，说是太平无事，也一点儿不夸张。因此，我们这班就业人员就称我们的就业单位是个"红色保险箱"了。

一九六○年至一九六八年夏，我还在土方队，干的是治理淮河工程的工作——也就是在偏僻的农村推着独轮车筑水坝。一九六八年夏，此时我已调到位于六安市的六安汽车配件厂（后又改称为"六安汽车齿轮厂"）。

外面"运动"刚开始之际，我们就业人员对于外界的情况，通过读报纸、学习以及互相交流的消息，已稍有所闻。我当时感到非常纳闷，觉得这样一来，关于怎样解决我们的归宿问题，怕是又要搁置一边了。

我记得当时的管理干部向我们提醒："你们大家要注意，这不关你们的事。你们目前主要的事情就是努力学习毛主席著作，安心劳动，遵纪守法。外面的大字报不要去看……"这话也确实有道理。我们都遵照执行。

我们过的是上古时代先民的生活，日出而作，日落而息。白天上工，傍晚收工。吃晚饭后学习两小时，然后睡觉，次日仍是如此，再次日仍是如此……外界所发生的一切，一概与我们无关。

一片平静之中，土方队里还是发生了一些异常的事情。为了坚决与"封资修"的文化一刀两断，有些人把自己所看的"闲书"缴到队部，表示今后永远读无产阶级的书，争取思想早日改造好。这一行动，大家立即响应，他们把《古文观止》《七侠五义》《西游记》，诸如此类的书全都上缴。我有三四十本英文书，都是苏联出版的小说。在二十世纪五十年代初期，外文书店里除了苏联出版的大量俄文书以外，也有英文书，又极便宜。我在书架子下方见有成堆的、便携式的小开本英文小说，都是莫斯科出版的，只要五角钱一本。我贪便宜，大量地买，准备日后慢慢地阅读。这些书我虽舍不得，但还是全部上交，附带上交的还有六厚册学习英语的笔记，是我记录学习心得的。还有一本大开本的《英华大辞典》，郑易里先生等编的，出版于一九五〇年五月。这本词典解释口语化，还搜罗了许多新词、美国俚语、俗语，我非常喜欢，于一九五四年花了十五元钱买的，也一同上交了。

　　后来直到"运动"结束后，某日，有位干部领我到一间约二十平方米的房间内，只见中间堆着许多书籍，像小山一般。原来当年上交的书籍，如今可以归还了，但要我自己去翻寻。哪里找得到呢？我看来看去，都是中文书。此时，他忽然说出一句："你当年不是有一本英文词典吗？现在找不到，就拿这本去吧。"我一看，确是郑易里先生等编的《英华大辞典》，只不过是一九六三年北京时代出版社的修订缩印本，书改成了小开本，同时把里面的索引部分删除了，但正文仍是原来的。我非常感谢地将书带回。翻开扉页，上面还盖了一个印章，依稀看出是"梁汉生"三字。在这里我也应向梁君致谢，因为我已将此书据为己有，而之后它也给过我很大的帮助。

　　话说回"运动"。把英文书上交之后，我同时也写信告知美棠，要她替我买《毛泽东选集》第一至第四卷全套《毛主席语录》《毛主席诗词三十六首》等书，《毛主席诗词三十六首》还配有乐谱。我平时就喜爱诗词歌赋，所以很快全部都能背诵。诗词是讲究音韵的，因此要音乐化，才能充分表达诗词的内涵之美，这三十六首诗词，都配有曲谱，因此每首我还能唱。至于学习毛选，其中最重要的是"老三篇"，即《为人民服务》《纪念白求恩》和《愚公移山》。我们学习一般都是分组学习，在某个晚上，指导员召集全队坐在院子里，背诵"老三篇"……

　　当然，风波还是此起彼伏，时有发生。

我们队里有个殷学梁，矮个子，没有什么文化。某年春季，他上街买了一张年历，小得很，长约三十公分，宽约二十公分。他想把它挂在墙上，可我们所住的工棚的墙都是用泥土筑成，干了之后，那泥墙外层呈粉末状，他用糨糊哪里能贴得上去呢，一贴马上就掉下来。于是他改用四个图钉，在这张年历的上下左右四只角上，用力揿下去，总算钉牢，没有掉下来。

不到一个月，就有人向队部揭发：殷学梁狗胆包天，居心叵测，竟敢谋害伟大领袖毛主席，且有事实为证。队长在查看确有事实证据之后，就在殷学梁所在的学习小组进行批判会。又担心该组组长的分析批判力量不强，遂在别的小组抽调数个理论较强、善于分析的人员参加，以增强批判之"火力"。我也是其中之一。

当批斗会开始，掌管学习的干部亲临现场（平常学习他只是偶尔来观望一下，并不坐镇的）。人头攒动，把殷学梁围在中间，按次序逐个慷慨激昂地痛斥殷学梁的罪恶行径。殷当时一脸惶惑，不知所措，口中连呼："什么？什么事？"众人厉声说："你自己干的事，还不知道吗？赶快坦白说出内心的动机，否则罪该万死！"

殷学梁的两只圆眼球骨碌碌地四周观望着众人，茫然不解。

揭发者于是开始叙述事实的真相，原来问题出在那张年历牌上。年历牌左面大部分的版面印着该年份十二个月以及日期、星期几，等等，右面尚留有一块小部分，设计者安排了一幅武汉长江大桥雄姿的照片，这是当时的万里长江第一桥，下方则印有伟大领袖毛主席的一首著名的《水调歌头·游泳》，"万里长江横渡，极目楚天舒……"等句。最后，在这首词的右下角，用六号黑体字，印了"毛泽东"三个字。

殷学梁用四个图钉钉这张年历于泥土墙上，说来也巧，右下角这个图钉，不偏不倚，正钉在"毛泽东"三个字的"泽"字上，这不是谋害毛主席的明证吗？你还能狡辩抵赖吗？

大家就对着这个真凭实据，展开深入的批判斗争。经过一番热烈交锋，最后，轮着殷学梁表态了。他坦白招供，这事的确是他干的，供认不讳，可是，他是不识字的，他是无意中犯下滔天大罪的。

不识字本来是个缺点，此时倒变成了救命稻草。殷学梁不识字确是大家公认的事实，所以批判到最后，也只好叫他写一份深刻的检讨书，并保证以后决不再犯同样错误。检讨书由谁来写？自然是由别人代笔，他按个手印了事。这场风波便告平息。

又有一日，有一位叫黄其昌的上海人，五十余岁，个子不高，在老弱班做拉坡工作。此君原系上海的掮客，可想而知，必是能说会道、巧舌如簧的人。他油嘴滑舌成了习惯，屡次吃苦头，也屡次难改。某日晨，大家早餐后各带着自己的工具去工地上工，夏天的清晨，在路上往往能看到一轮红日初升。黄就唱出顺口溜："红太阳，红太阳，好像一个鸭蛋黄！"当时就有人立即去汇报了。

红太阳是指我们的伟大领袖毛主席呀，他说好像鸭蛋黄，岂不是想要吃掉伟大领袖吗？于是，当晚学习时，他受到严厉批判。

又一次，大家清晨去上工，在路边悬崖之下，有一条小河，时有船只经过。这天，正好出现一条小木船，船尾有个十一二岁的小孩，衣衫破旧，光着屁股，站在船尾掌着舵。黄其昌就指着这个孩子说："这个人才是真正的舵手呀！"此语又经人汇报给队部，是晚又受到严厉的批判：伟大的舵手是毛主席，他说这个光屁股孩子是真正的舵手，这不是恶毒攻击毛主席吗？

后来，我离开了土方队，不知他的情况如何。某次偶然与老朋友谈话，得悉他已投河自尽而死。据说也是不知为何事，他说了些什么调皮话，受不住批斗便寻了短见。

除了这些风波，倒从来没有什么红卫兵到我们这里来抓人打人，或抄家批斗、游街戴高帽。和外面的世界相比，我们这里绝大部分人的生活还算平静无事。

国营工厂四级漆工

一九六八年的夏季，一个休息天，我正在工棚内的炕上躺着，忽然，工友饶先财走到我身边，附耳告诉了一个好消息。那是个年轻人，身材魁梧，贵州籍，因系"无业游民"而被收容劳教；和我一样，他也是在一九六一年一月第一批解除劳教的，很早就与我同一个队。他因为没什么文化，经常向我求教，我教他认字、查字典、拼音……所以，他同我很要好。

这天，他告诉我说："现在，六安汽车配件厂到我们土方队来招收人员，凡是有点技术的，或身体好的青年人他们都要。你不妨也去这个厂，这可是个离开土方队的好机会呀。我已去队部报过名了……"

六安汽车配件厂本是劳改单位开办的工厂。他们把具有修配汽车专门技术的劳改、劳教或就业人员组合，成立一个对外营业的修配汽车的工厂，以便人尽其才。其成本可以说极低，但对外收费的标准却和市面上的价格看齐。而且，这里的修理人员都是上海一带大城市来的，其技术比当地乡里人自然高明多了，真所谓"价廉物美"，故一经举办，即门庭若市，收入颇丰。目前为了扩大规模，需要更多的人才。人才到哪里去要呢？于是便派员到土方队拣选这方面的人员，有生产技术（如车工、修理工……）固然好，无技术但年轻的也同样可以，因为入厂后可以陆续培训作为后备力量。

我听了以后决定也去报名试试。一来土方队毕竟是室外劳动，辛苦非常；再说，工厂的机遇较多，对我工作的发展前途似乎更为有利。于是我到队部，见到的队长恰好是那位坚决要把我留在队里管大账的人，他对我印象极好。我一说明来意，他立刻同意，但又不无犹豫地说："你没有什么技术，怎么办呢？"我说："我会画图，工厂里总还是需要的吧。"他一听，便把我也写上名单了。

这天傍晚，六安汽车配件厂开了一部大卡车来接。我们这边有五六十个人，各带着自己简单的行李，纷纷爬上了车。我和饶先财同车。车子傍晚开行，走了三四个钟头，在一个不知名的镇上停住，大家胡乱睡了一晚。次日再开车，这中间各人自己买些点心充饥。

到了厂里，领队的于队长先安排大家到食堂吃饭。食堂也许对新来的人表示一下欢迎，这顿饭菜特别好：饭又白又软，菜有荤素各一，味亦鲜美。我们顿时觉得，这个地方比起土方队的生活，不知好多少倍哩。

饭毕，有人带我们走进大礼堂。这个礼堂虽是一般的砖木结构，但又高又大，还有一个高高的"戏台"，两边墙壁均开有窗子——这和土方队只能临时搭建的露天讲台，又不可同日而语了。

我们这些人都站在"戏台"上。然后，由各个车间的主任，逐个询问来者的情况，纷纷把自己认可的人带走。

饶先财虽无什么生产技术，但他年轻力壮，身材高大，早已被翻砂车间（又称铸造车间）主任选走了。其余的人也都一个一个地被带走了。之后，人越来越少了，六个、五个、三个、两个，到了最后，只剩我一个独自站在台上，无人问津。

只剩下我一个人站在台上，无人"认领"

　　我此时四十七岁，但白发已有四分之三，身材瘦弱，又从未下过工厂，对厂里的技术工作一无所知，哪里会有人看中呢？我不禁想起了美国作家哈里特·比彻·斯托夫人写的小说《汤姆叔叔的小屋》中的主人公汤姆。我和他的情况尽管不尽相同，但在台上孤零零地站着，这点却是相同的。然而，我自信心很强，一点儿也不沮丧。我立即跑到厂部的赵教导员处（他是厂里的最高层领导），向他说明如此情况。他略思索了一下，便说：“你到冷作车间去吧！”

　　何谓“冷作”？从前在上海弄堂口，一般都有个白铁摊子。设摊者身后有几块大白铁皮，前面有铁砧、大剪刀、锤子等应用工具。居民们的面盆、水壶、铝锅、浇花壶一类物品如果底部坏了，漏水了，就拿到此处来修理。白铁匠能给你换一个新底。他能把锅盆底边缘敲成凹槽，并和新剪成之底部的边缘互相嵌合，四周砸紧，滴水不漏，和焊接无异。当然，你如要他用白铁重做一个烧水壶或水桶之类，也都不在话下。如今在汽车修理厂，汽车的外壳如果受到碰撞，发生凹凸变形时，也经由他们敲敲打打，使之恢复平整。做这门手艺亦称为钣金工。后来，这个厂就来了一位技术很好的八级钣金工周师傅，也不过四十余岁，上海人。某次，有辆进口汽车的一扇车门被撞坏了，把这扇车门拿去让他修理，经过他的一番敲打之后，两扇车门竟变得一般无二，人们分不出哪一扇是完好的，哪一扇是撞坏了而经过修复的，神乎其技矣！

原来他学此手艺三十多年，每一捶的方向、轻重都有讲究，不是乱来的。但像这样的工人也属凤毛麟角，出类拔萃的毕竟是极少数。

当我走进冷作车间时，车间主任身旁尚有三四个就业人员。他们都是老师傅，乃主任之左右手也。此时到来，大概是来作顾问或参谋的。他们见到我，先打量了一番，又交头接耳商量了一阵，三四分钟之后，便得出了一致的结论，由车间主任开口向我说："我们车间拒收！"

我没办法，转身又到了赵教导员的办公室，冷静地向他汇报情况。赵教导员一听倒发火了，厉声说："你还是回到他们车间里去！如果他们不叫你干活，你就坐在他们车间里休息！每个月我照样给你发工资！"

于是我又回到冷作车间。毕竟胳膊拗不过大腿，他们可能也接到过教导员的电话，冷作车间主任终于同意接收我了。他喊来了一个小组长，把我带到他的工作场所里去。

读书人素来是尊师重道的，所以，虽然没有什么拜师的手续，但在我的心目中，他就是我的老师了。他的大名叫邢宏钟，个子不高，约莫四十余岁，看起来人很朴实，也没有架子。

他领着我走进他的工作场所，给我的印象是，这是一间又黑暗又脏乱，约二十平方米的地方，四周堆放着各种杂物——铁架子、铁丝、铁皮，没有窗子，只有一丝微光从一面墙上的小洞口射入。地上也是黑色的，散放着各种铁丝、铁条等废物，当中有一个大的铁砧，高约五十公分，两旁有两个小凳子。邢师傅也没有多讲，让我和他对面而坐。他取来一块废旧的铁皮，又拿来两个小木槌。他递给我一个，自己拿一个。

第一课开始了。他将白铁皮置于铁砧之上，叫我仿照他的手法。他先在铁皮上用小木槌敲击一下，然后教我也在铁皮上敲击一下，轮流敲击……这样敲打，既刻板又枯燥无味，大约十分钟后，我的思想就开了小差，一不留神，他的手尚未扬起，我的一锤就已经落下，不偏不倚，竟敲打到他的手上了！我顿觉不妙，连说"对不起"，这不真的变成徒弟打师父了吗？这成何体统？他倒面不改色，既未发怒，也未斥责骂人，只说了一声"不要紧"。这一刻，我发现他倒是个很通情理，而且还有相当度量的师父哩！

我们仍旧你一下，我一下，照样敲打着这块铁皮。半小时后，也快到下班的时候了。他说："收工吧！"于是，结束了我进入工厂后的第一课——但也可说是我的最后一课。

我进工厂的第一课——也是最後一课

　　我记得法国作家都德写过一个故事《最后一课》，读来令人感到异常悲壮，而我的"最后一课"乃是一幕人生喜剧，一个滑稽的生活插曲，回忆起来令人发笑。

　　经过了这第一课，我明白自己对冷作这个行当丝毫没有兴趣。次日，我走出冷作车间，想透透空气，解解闷，刚走到厂里的一条主要通道，真叫作"无巧不成书"，忽见漆工组（属于机修车间）车间门口站着一位满脸髭须的矮个子，约五十来岁，嘴里大声喊叫："哪个愿意来呀！我们漆工组需要人呀！"我一听大喜，我愿意干漆工。你道为何？第一，漆工没有重活，他们只使用刷子或喷枪；第二、漆工需要写美术字，或调配颜色，这正是我的本行。于是我决定加入漆工组，同时告知赵指导员和冷作车间的车间主任。前者根本无意见，后者闻知更是求之不得，这可是一件三全其美的好事啊！

　　邢师父的人生终结于一场不该发生的事故上，那是七八年以后了。在我们厂门口不远处，有一条河，宽约五十公尺，河水颇深，流速也急，但甚为清澈。在河堤的斜坡处砌有石块护坡，约呈四十五度。夏天，厂里的人在下班后喜欢来这里洗澡、揩身。一般人都只是站立在石头斜坡上，并不下水游泳，我也去过数次。某个夏季的某日，邢宏钟也来了，他带着两个较大些的儿子，都是十二三岁光景（他有五六个小孩）。在他洗澡、揩身时，恰巧一个鲁莽的叫姜盛昌的年轻人也在一旁。邢宏钟是个一点水性也不懂的人，姜盛昌却开玩笑地说："怕什么？下去玩玩有什么关系？"边讲，边用手一推。邢宏钟此时脚站在四十五度的斜坡上，本来重心就有点不稳，冷不防被姜盛昌一推，哪里还站得住脚，便立刻倒入水中。河水湍急，在此紧要关头，邢的一个小儿子伸手拉住了他爸的一只手。但小孩子身轻力弱，哪里拖得住，反而快要被邢宏钟一起带到河中。在此千钧一发之际，小儿子吓得忙叫："阿爸！阿爸！"有一句俗语叫"死不放手"，说的是落水的人只要给他握住任何一件东西，出于求生的本能，他是万万不肯放手的。据说会在水中救人的人，应该从溺水者的背后去拖住他，而绝不可以从正面去施以援手。否则，一旦被溺水者用双手死死地缠住，自己的游泳技能施展不开来，往往会同归于尽的。这时，落水的邢宏钟也许听到了自己儿子呼叫"阿爸"的声音，居然把手松开了。儿子总算是没有被河水冲去。

漆工组组长名褚福林，无锡人，有一手好技艺。门口那位高声喊叫，为漆工组招工的老人名姜荣，是个老漆工。这时，我满心高兴，想安心学好一门手艺。从前人说过："家有良田千亩，不如一技在身。"又云："荒年饿不煞手艺人。"意思是说，只要有一门手艺，到处都可以有碗饭吃。可是，我这个美梦很快就破灭了，因为机修车间的领导看过我的档案之后，仍然叫我担任两样我不情愿的工作，一是担任漆工组的学习组长，二是负责本车间的宣传、报道工作。没有法子，我只有硬着头皮做下去；至于漆工手艺，只能像蜻蜓点水一般，在零星时间内学做一点点，对我也无任务要求。所以，在漆工技术方面，我东学学，西学学，从来没有好好地从头干到尾，成了个"三脚猫"。干活吧，能干一点，但又不精，终于未能学成这门手艺——至今引以为憾。

　　一九六八年正是"文革"中热闹的年头。我们虽不到社会上去活动，但厂里也如火如荼地掀起学习毛主席著作、高举毛主席伟大红旗的热潮。在工厂大门两边墙上以及各车间墙壁的醒目处，都用大红漆、美术字体写着伟大领袖毛主席语录以及各种革命标语。在车间里面墙上也写着语录、标语和口号。各个车间里面，都选择一个正面而整齐的地方，搭成一个台，称为"宝书台"。里面摆放着伟大领袖毛主席的著作——《毛泽东选集》一至四卷以及《毛主席语录》。这个宝书台的布置，各个车间八仙过海，各显神通，尽一切力量，务必布置得光辉夺目，流光溢彩。我们漆工组此时风头正健，因为各个车间需用的各色油漆，都需要我们支援。我们组里那位姜荣老漆工，很有点艺术才能。他在马粪纸（这是老的称呼，即现今的黄色硬纸板）上面画图或写字，用美术刀挖空后，再用各色喷漆喷涂，颜色鲜明，又有层次感。我也跟着学会了，我俩忙得不亦乐乎。我们漆工组的宝书台相当出色：背景是一艘巨轮行驶在大海上，题词是"大海航行靠舵手"，海浪和轮船以蓝、白色为主调，两旁是一副对联，"四海翻腾云水怒，五洲震荡风雷激"，红底黄字（黄色有点近丁金色），而且模仿毛主席的书法，里面用红布作垫底，上面恭恭敬敬地"请"出《毛主席选集》四册和《毛主席语录》一册，两旁装上电灯照射，场面盛大隆重。因此，有些车间还请我们去为他们喷制，因为我们有现成的纸版（而且不止一块）和各色喷涂的漆料……

到了厂里，我的日常生活大为改善。首先，有床可睡了。我们每人有一张木板床，有四只床脚，而且可以挂蚊帐了，不像土方队那样要睡在地面形成的土炕上。再者，四周墙壁系用竹片编织再涂上泥土、石灰，而不是"版筑"所筑成的土墙。吃饭也有食堂了，用的是饭、菜票，还有桌椅可用，也不必在露天进食了……这些现在看来似乎平凡已极的生活，但在我们对这种生活久违已达十年的就业人员看来，真的感到既亲切又满意啊。

一朵向日葵应该有几片花瓣？

这样的问题，似乎应该向研究植物学的专家们去提问，对于我们普通画图的人来说，怎么会知道答案呢？因为我们大都对数字不大注意，对于植物学更毫无了解。我们只知道先画一个圆形，代表向日葵的主体；然后在其中间画些横竖相间的线条，并在当中加一些细小的点，代表葵花籽；最后便是在圆形花体周边画上一些尖角形代表花瓣。随手画去，画满一个圆周便停止，并没有人会去数一数花瓣的数目多少。

可是，在特殊时期里，如果对某些"小事"不加注意，也许就可能会大祸临头，而自己却糊里糊涂地浑然不觉哩！

一日，我正在室内画墙报。墙报为了美化，总得要画个报头（或称"题花"）。一般来说，那时的报头大都画伟大领袖毛主席的头部形象，其下则画数朵向日葵，花儿向上开着，其含义就是朵朵葵花向太阳，全国人民都热爱伟大领袖毛主席之意。我正在聚精会神地画着，这时，同是漆工组的钟更宝走了过来。他有些跛脚，原是上海市某个工会的主席，文化不高，小学三四年级的程度，却颇工心计。

我画到一半，尚未完工，他在旁凝神注视着。一会儿，他好像发现了什么，口中说了一句："有问题！"

"什么问题？"我问他。他不回答，转身便走，一跷一跷地向领导去汇报了。

不一会儿，干部章之温和钟更宝二人便来到了室内，章说："怎么一回事呀，你画了些什么呀？"章是管理学习的，对我的以往当然有所了解，但法院里有个规矩，叫作"不告不理"，既然有人检举揭发"重大案情"，这就势必要到场过问。

此时，钟更宝满面得意之色，照他的预计，我被判个十年八年大概是逃不掉的了。他用右手食指指着我所画的报头中毛主席肖像下面右首第二个向日葵，对章说："指导员呀，这朵葵花画着十二片花瓣，这就是国民党的党徽青天白日旗呀。"

原来如此!

此刻，章和我都数了数这朵向日葵的花瓣，的确是十二片花瓣。

章问我："这是怎么回事呀？"

我拿起手上一份《新安徽报》，向章说："我是照着这份报纸上的样子画的呀！"

在"文革"以前，安徽省的省报叫《安徽日报》，那是省委机关主办的。但在"文革"中，省委们已经被造反派打成"走资派"，那些省委老领导都被揪出来批斗，造反派接管了省报，改名为《新安徽报》。这份报纸在当时可是响当当、红彤彤、走毛主席革命路线的安徽省革命委员会出版的机关报啊，谁能怀疑它的革命性、权威性和正确性！？

我亮出的是《新安徽报》当年五月一日副刊报头。在这张副刊的报头图上，毛主席头像的右下方第二朵向日葵，章、钟和我三个人同时数了数它的花瓣，正是十二瓣！

就在这一刻，章、钟二人都怔住了，他们大吃一惊、大出意料，此时的空气似乎凝固起来了。这样的局面大约持续了一两分钟，最后，他们一声不吭、一言不发，静悄悄地，章掉头转身便走，钟更宝更是万分沮丧，脚步一跛一跛地跟随在章的背后也走掉了……

六安汽车配件厂的业务与日俱增，它也逐渐受到高层的重视，在二十世纪七十年代里，改由安徽省的生产建设兵团接管，以加强领导层的建设，同时，又调来了一批转业军人和插队落户的知识青年，以补充新鲜血液。在一九七六年"四人帮"倒台后，厂里将一部分不适宜留厂的就业人员全部调往巢湖汽车厂，我被留了下来。不久，厂里的性质便改变成为国营工厂，留厂人员一律转变为工人，并评定其工资级别，成立了工会，有工会会员证，也享受劳保待遇。

我被评定为国营工厂的四级漆工，每月工资四十八元。

当时，党的十一届三中全会已经召开，拨乱反正的政策深入人心。我和美棠商量后，想回上海办理申请复查的工作。厂里的答复是："可以，但须办理自动离职的手续。"于是我照办了，并于一九七九年十一月十六日，返回到上海市新永安路十八号，结束了这一段在安徽的生涯。

饶平如生平大事记 ————————————

二〇〇八年三月十九日　美棠去世
二〇一三年　《平如美棠：我俩的故事》出版
二〇二〇年四月四日　饶平如去世

第四章

木偶奇遇记

挽联一束

　　美棠于二〇〇八年三月十九日下午四时二十三分逝世。三月二十三日下午一时三十分在上海龙华殡仪馆举行遗体告别仪式。厅中挂着我亲笔写在白布上的一个挽联：

　　坎坷岁月费操持，渐入平康，奈何天不假年，
　　恸今朝，君竟归去；
　　沧桑世事谁能料，阅尽枯荣，从此红尘看破，
　　盼来世，再续姻缘。

　　就在这年，我替自己预先也做了一副挽联，以备将来开我的追悼会之用。联曰：

　　往昔文弱少年，正值民族危亡，投笔从戎，进黄埔，
抗日寇，喋血沙场，何惧捐躯赴死；
　　如今寿登耄耋，欣逢中华盛世，仁政亲民，讲科学，
倡和谐，祥和晚景，应笑不负此生。

　　（注：我觉得，开追悼会写个挽联，是通行的规则，写挽联也是对亡者生前的一种评价和总结。古人云"盖棺定论"，便是此意。我又觉得，这个总结由我本人自己动笔来写似乎比请别人来写来得亲切顺手些。因为请别人写总有点"隔靴搔痒"，不见得全合我意；如果自己动手写，则自己的真实感想才可以暴露无遗，因为是自己看过而且认可的东西。
　　再者，我觉得人的生死也是自然规律，而且似有命运安排。以我个人而言，曾在抗日战场上九死一生而幸存到现在，已经是大大超过了我的生命预期，竟多活了七十余年矣，我应该相当满意而知足。请注意，我在下联中还用了一个"笑"字，表明我内心是带着微笑而离开这个尘世的。我劝子女、孙辈们不必因此而过于悲伤并痛哭流涕。）

　　美棠逝世以后，每年在美棠忌辰，我总会在家中举行家祭。灵堂设于饭厅中，我召集全家子女及孙辈前来拜祭。每年我也都制作挽联一副。可惜由于考虑不周，有两年未留下底稿，以致有所残缺。兹将存留者录之于下：

　　结褵六十年，遍尝苦辣酸甜，绵绵长恨何时了？
　　袂别今两载，难忘相濡以沫，凄凄旧梦怯重温。

　　（注：作于二〇一〇年。最后一句系借用张王玉珍悼念其夫张灵甫将军之警句。）

　　当年同命运，共死生，以沫相濡，天若有情天亦老；
　　三载隔幽冥，绝音问，愁肠寸断，相思始觉海非深。

　　（注：作于二〇一一年。上联末句为李贺的诗句；下联末句为白居易的诗句。）

　　海内有知音，为我俩，同洒一把辛酸泪；
　　清歌传里巷，谈往事，演绎千秋不老情。

　　（注：作于二〇一二年。央视《看见》栏目主持人柴静将我

俩的故事拍摄为《但愿人长久》纪录片播放，于是全国媒体相继采访，此故事开始为人所知。在诸多影片中，我既吹口琴，又唱"花好月圆"，故在下联里用"清歌"二字。）

喜欤？！悲欤？！潦倒半生，唯留一册图书传身后；

命也？！运也？！欣逢盛世，成就百年佳话在人间。

（注：作于二〇一三年。《平如美棠：我俩的故事》将于是年五月份出版。像我这样一个平凡的人能出版一本书，当然是件喜事，是件快乐的事；但是，这个快乐不可能与美棠来分享，这又是极其悲哀的事，所谓悲喜交集是也。继而再思之，只有在改革开放的今天才有可能出版这本书，所以说是"欣逢盛世"。千秋佳话不敢讲，这个故事若能传到第三代人知道也就相当满足了，故而我写的是"百年佳话"。）

美棠的家祭仪式共举行了六年。在二〇一五年四月我家还为她庆祝九十冥诞。由于后来我自己也体衰多病，心脏欠佳，故此时我向子女们宣布：以后我们不再举行这样的活动了。你们子女用自己的方式去纪念吧。只要把母亲的爱牢记心中就行了。

水调歌头

二○一一年十一月，由浙江电视台"梦想秀"栏目支持，我重返江西南昌"江西大旅社"的礼堂，在儿孙、亲友们及众媒体的见证下，举行美棠与我二人的钻石婚庆纪念仪式。作此志感。

滕阁形胜地，赣水秋意深。
宏开钻石婚庆，旧梦又重温。
六十年间苦乐，多少温馨往事，缥渺似烟云。
当初许盟约［注］，今日事成真。

幽冥隔，鱼雁杳，绝知音。
纵然人间天上，此情永难分。
何须香车宝马，愿效痴心梁祝，相期在来生。
家史传佳话，珍重付儿孙。

（注：美棠生前曾与我相约：在结婚六十周年时将赴江西南昌故地举行钻石婚礼。）

天為憐貧偏予健

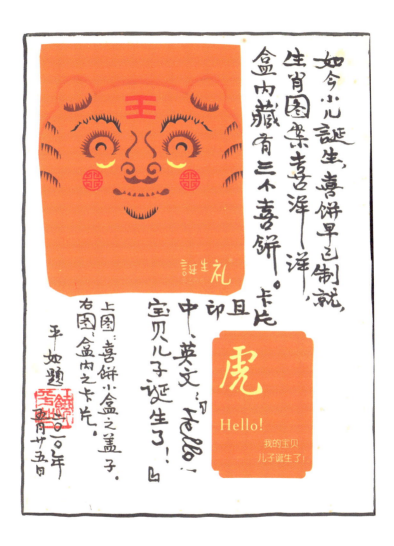

如今小儿诞生，喜饼早已制就，

生肖图案喜洋洋，

盒内藏有三个喜饼。卡片

中、英文"Hello!"

印且

宝贝儿子诞生了！"

上图：喜饼小盒之盖子。

右图：盒内之卡片。

平如题

二〇一〇年

春月廿五日

虎

Hello!

我的宝贝
儿子诞生了!

诞生礼

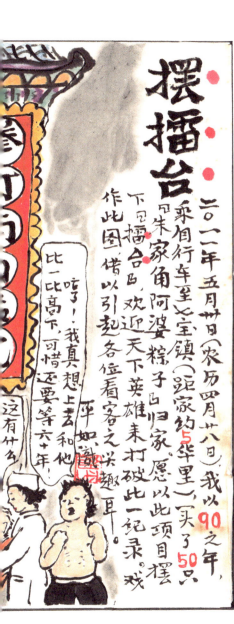

摆播台

二〇一一年五月廿日（农历四月十八日）我以 90 之年，乘自行车至七宝镇（距家约 5 华里）买了 50 只戏

『朱家角阿婆粽子』回家，愿以此项目摆下『摆台』，欢迎天下英雄来打破此一纪录。戏

作此图，借以引起各位看客之兴趣耳。

平如戏画

呸！我真想上去和他比一比高下，可惜还要等六十年。

这有什么

庭审纪实

阿咪打官司（下）

二〇一六年一月廿九日 平如画于养病中

"看见猫咪会过敏而发生感冒"是在一本科普常书上读来的

家庭法官 饶平如

我本人百分之一百赞同我老婆的意见！

小范

被告声称："看见猫咪会过敏而发生感冒"是从一本科普书上看来的，事出有因，查无实据，本院不予采信。原告提出之诉求，巧立名目，漫天要价，本院不予支持。此为终审判决，不得上诉。（槌子敲去的声音。）

法官

被告

诉讼人

审判人

诉讼

原告

我看还是买一包猫粮给它，私了算了吧！

本猫素来老实，自从听了欣欣的话，本猫深受刺激。诉求如下：赔偿
（一）名誉损失费三万元
（二）精神损失费三万元。
（三）医疗费三万元。
（四）误工费一万八千元
（本猫来到家中单捉住此鼠一只，打死蟑螂十多个，打死苍蝇蚊子八九十个，如今都不想干活矣...共计十万八千元。）

有图章上脚印 本猫按

阿咪

有詩讚曰：

任凭力氣
大如牛，
无奈钥匙
不对头。
若想进门
拿东西，
劝君更上
一层楼！

2014.11.19. 平如

有诗赞曰：

曾到阎罗宝殿门，

只差一步进门槛，

既然户口报不进，

乐得逍遥还活几年。

阎王：判官，你查一查
此人的档案！

判官：此人乃江西南城
县人，一九二二年（壬
戌）出生，属狗的，现居
上海……经查此人气
数未尽，根据阴间法律，
不符根「阴间户口」的条
件，依法应不予受理。

阎王：唔，既然如此，本
王决定招收！由小鬼
火速将他带回阳间
原住地，让他再活下
去！此令！

小鬼：是！小人得令，
马上执行！

……

阎王拒收

人恶人怕天不怕

罗阎

阎王

阳间人口档案

判官

小鬼：启禀大王，阳间的

上海华东医院心脏病房突发呼吸窘迫之症状，此时心疑大限已至，但结果竟然生还，亦可质算奇迹矣！

二〇一六年一月二日半夜时分，在

平如补记 二〇一六年二月廿日

巴黎七日游记

　　二〇一六年十月中旬，我得到广西师范大学出版社的通知，拙著《平如美棠：我俩的故事》已由法国瑟伊出版社译成法文版。该社远东文学系编辑安·萨斯图尔内和阿德里安·博斯克对《平如美棠》的法语译文和美术设计都非常满意，拟邀请我前往巴黎在一个著名的华文书店（凤凰书店）举行读者见面会，并安排一些记者访谈。又说，法国安古兰漫画节将于一月二十六日至二十九日举行。这是一个法国非常著名且历史悠久的漫画与绘本展，也是世界第三漫画绘本展览。该展览负责人对《平如美棠》一书在法国的出版表示出极大的兴趣，也想邀请我携带部分漫画原稿前往安吉兰，展示给法国的读者看。希望我能去法国与他们见面，并祝我幸福长寿。关于行程安排：我可以由一个家属陪同，法国方面也会有翻译及陪同一人员。时间是一月二十三日从上海出发到巴黎。在巴黎的宾馆是 Hotel Aiglon，房间二十平方米，两个单人床。在这个酒店一共住六个晚上，从二十三日到二十八日。一切费用，均由他们安排、料理。

我考虑了一番，目前病躯尚属稳定，也想借此机会，出国去看一看。于是，一方面向对方做了肯定的答复，一方面开始做准备工作。

办理护照手续顺利，在一月五日就拿到了，但办签证却遇到了麻烦。原因是法方的邀请函迟迟未到。广西师大出版社所委托的代办签证的公司表示，要在半个月内办出签证，难度很大……我得知后，就对孩子们说，"凡事顺其自然，如果办不出签证，就算了吧。"

俗话说："无巧不成书。"凑巧的是，安·萨斯图尔内有个弟弟名叫弗朗索瓦·萨斯图尔内，是一位资深的外交官，曾任中国武汉市的总领事。他在中国十多年，能说流利的汉语，也能翻译汉语文章，他还取了一个与他的姓氏谐音的汉语姓名，叫"尚多礼"。他回国后，现仍在法国外交部工作。于是，请他来过问此事。由他出面，与法国驻沪总领事联系。

一月十三日（周五）上午十时，我家孩子接到法国驻沪领事馆的电话，嘱我们下周一（即十六日）上午十时到领事馆去办理签证手续。

一月十六日上午十时，我在长子希曾、三子乐曾的陪同下，来到法国领事馆，签证官请我们稍等，说文化领事需要和我们见个面。不一会儿，文化领事携一位华人助理来到签证处。这位文化领事年约三十多岁，穿一身淡灰色西服，温文儒雅，我们用英语做了些交流。他问我："您以前出过国吗？"我回答："以前没有，我第一次出国，就要到你们伟大而美丽的（great and beautiful）国家，我感到非常荣幸。"

巴黎号称"浪漫之都"。"浪漫"（romantic）一词虽无贬义，但在此时此地，我觉得似不稳重，还是用"美丽"（beautiful）一词更为得体。

他听了我的回答，面带笑容，两手下垂，轻轻地搓着手掌，上身微微前曲了一下，表示出外交礼貌上的谦恭和赞许。他身旁那位年约四十多岁的华人助理，说："您是九十多岁的老人，思维清楚，气色也不错，祝您路上平安！"我表示感谢。他们两位随即离开了，我们也把签证手续办妥。

两天后，也就是十八日，我们就接到法国领事馆的电话，叫我们过去领赴法的签证。离我们启程的日子，还提前了五天。

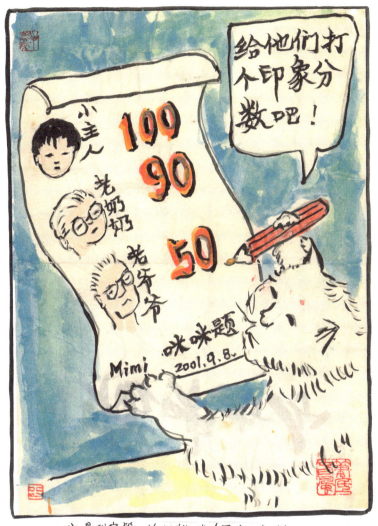

　　它是我家第一任的猫咪（取名：咪咪）。
　　送面去的前一天晚上，我在后房看见舒舒依依不舍地抚摸着它的头部，它面前摆着一大盆、有平常三四倍之多的猫粮。……

图中（包括右图）是第二任的猫咪，也叫"阿咪"。
波斯猫走后，隔了一段时间，我在房门外忽见一只黄猫，以猫粮示之，起初不敢来，稍等一会，它忍不住走近，把粮吃了，数次之后，我把它抱住，问邻居，都说是只流浪猫。我遂收养了它。此喵其实病情尚好，回到家中，心情颇佳，对它再无意见于是就留在我家有大半社久。某晚，它恰巧溜进去玩耍，乐曾恰巧自鸣明返家后门给关闭了。此猫无传进来，从此便找不到。我曾回去寻觅，竟无收获，后来里弄的阿姨告知，居委会收了一只头颈上有红绳子的黄猫，我

一月二十三日，我准备好简单的行李，带上必需的药品，由长子希曾陪同前往浦东机场。上午十时许登上法航的飞机。我坐的是商务的，希曾坐的是高级经济舱。他每隔个把小时，会到我的座位来探视一下。凑巧，在我的邻座是一位中国青年留学生，攀谈之中，得知他姓周，外公是抗美援朝志愿军，他父亲是位电工，他本人则在英国某大学留学，此行去巴黎，还要转机前往英国。他也问了我一些情况，相熟之后，我就得到他不少帮助。在商务舱、餐饮、食物频频送来。餐车中食物盒子有方的，有圆的，五颜六色，我第一次坐外国飞机，不知拿哪一样才好。我等他先拿，只见他拿了一个方形的饭盒，于是我也就对那位推餐车的法国空嫂（她们年龄一般都在四十岁左右）说，"Please give me the same!"（请给我同样的一份）。打开一看，果然不错，是用一大片黄芽菜包着的、蒸熟的大米饭，菜是肉丁甜酱，有广东菜口味。绿色的蔬菜是生的，其旁有一小瓶，我问邻座："此是何物？""橄榄油，"他答道，"可以拌和着吃。"我试着吃了几口，肚子里便叽里咕噜地响起来，显示有点招架不住。赶紧刹车，否则，万一发生腹泻怎么办？又比如，下午二三点钟送来一盘食品，其中一个菜是五六片绯红色的东西。我问他，他说："那是三文鱼，生的！"一闻此言，我立刻放弃。诸如此类，经过他的指点，我免吃苦头，方便多矣！商务舱虽可放平座椅，把脚伸直一些，但在飞机噪声之中，生疏之境，我哪里睡得着呢？……快要到目的地，当我的儿子起来时，这位青年早已替我从行李架中取下箱子，我们大家排队离开飞机，互道珍重而别。（此时，北京时间是晚上十一时三十分，巴黎时间是下午四时四十分，时差是七个小时。）飞机降落于巴黎戴高乐机场，依我初步的感觉，此机场大小与我们的浦东机场差不多，但浦东机场比它要新颖一些。由于我的步速较慢，加上提取行李的周折，在机场内逗留了约一个小时，我们出站的时候，几乎是最后几个人了。一出站门，忽见栏杆处立着三个人，其中一个手捧着 iPad，屏幕上显示："Mr. Rao Pingru"字样。我立即上前向他们打招呼。原来是安·萨斯图尔内和她的弟弟尚多礼先生，还有一位身材魁梧的黑人朋友，那是他们的司机。

我们一同步行至机场外，上了他们的汽车。他们的车是商务车，驾驶室之后有两排座位，他俩坐前排，我和希曾坐后排，相向而坐，便于说话。外交官尚多礼身材矮胖，圆脸，蓄着一撮短胡子，头戴一顶圆形、黑色、边缘微微上翘的礼帽，挺着个大肚子，的确像个典型的外交官。他的姐姐安身材与他相似，面色红润，脸上总是带着笑容，非常亲和近人。尚多礼谈话机智、幽默，一听就知是个有学问、有教养的人。途中我们谈了些巴黎及出版社的情况……

由机场到巴黎市区，车行差不多一小时，才到了 Hotel Aiglon。到了门口，此时大约是巴黎时间下午六点多，他们欲请我们去吃晚饭，我因在商务舱吃得太饱，加上疲劳已极，亟须睡觉，故而婉谢，不知道希曾在经济舱中午只吃了一顿简单的午餐，他肚子饿得要命，听到我谢绝了晚餐，他无法说明，只得忍饥挨饿，过此一晚，可我怎么知道他的情况是如此之惨呢？

此酒店只有上海"两个门面"的宽度，右首为办手续的柜台，左首为休息、会客之处，有沙发、圆桌及座椅，也有报纸架子，陈设却颇为雅致，所谓"室雅何须大，花香不在多"也。安替我们办好入住手续，领我们上了"小电梯"（最多站四五个人），上了三楼，交给希曾32号的房门卡，方才下楼。尚多礼一直在厅中等着手续办完，其姐下楼，方才一同离开，真是"多礼"的绅士风度。

我们进入房间，北京时间已是半夜一点（我的手表），说也好笑，我无暇洗脸洗脚，上床倒头便睡，一睡便睡着，时差整整七个小时啊！加上航行十二小时，岂能不累？

一月二十四日（周二）晴。和我们同住在此酒店的是法国人杜方绥先生。他住在五楼59室。以前，我们根据他的姓名以及在互相联系时他的流畅中文，误猜他也许是台湾人。孰料他是个地道的法国人，学习中国文学笔译专业，他也就是《平如美棠》一书的法语版译者，能说流利的汉语。原来在他的同学中，有位中国女同学（云南人），他们恋爱，结婚，并生了一个女儿（三个月）。难怪他的中文水平进步提高很快。我们三人一同吃早餐。

自助餐我选一种小的圆形面包，较软，法国的棍状面包据说有名气，但我吃不动，太硬。我再点咖啡、炒蛋，及一大块薄肉片，已经饱了。饭后我们回房休息。十时许，杜方绥告知，有客来访，我与希曾乃到 59 室杜的房中，有一会客室。来访者是一位《世界报》记者，瘦长个子，所问者大多是国内媒体问过我的老问题，如："你写这本书的动机是什么？""您写书时有写作提纲吗？""您学过画图吗？""您怎么对一些细节记忆得如此清楚？""您是先写文字后插图，还是先画好图再写文字？""您写完这本书后的心情与以前有何不同？"我回答："我不是作家，也不是漫画家，仅仅是一个平凡而普通的退休老人。从来没有想过要写一本书。只因为老伴去世，我内心难过，日子很苦闷。别人借酒浇愁，抽烟解闷，我是个不喝酒不抽烟的人，后来我就想，何不把我与老伴二人过去的经历和美好的回忆写下来、画下来，一方面借此消磨时间，二方面也可作为家史，留给子孙们看看也好。我写的都是鸡毛蒜皮的家庭琐事，并不想公之于众，只因偶然的机会，媒体知道了，前来采访，出版社知道了，前来洽谈出版成一本书，这是我做梦也没有想过的事。我是'木偶奇遇记'，我生性木讷，不善交际，为什么人们爱看这本书？我也莫名其妙。我只认为这是个奇遇罢了……"我们之间的对话，由杜方绥翻译，所以甚为方便。《世界报》记者走后，又来一位《文艺》杂志的女记者，她穿一身黑色衣服，身材修长。也问我一些有关婚姻的问题。半个多小时后，出乎我意料，她竟然提出："您是否可以给我们法国青年写几句话？"我说："我们中国的传统文化和贵国的传统文化有些不大相同，但您既然要我写，我就照样写我赠中国青年朋友的那四十八个字。"它们是：

人生苦短，青春难再。莫负初衷，相敬相爱。
凡事包容，凡事期待。凡事相信，凡事忍耐。
白头到老，幸福愉快。地久天长，真情永在。

她收起这张纸条，我们拍照之后，愉快地离开了。

接着，一位年约五十多岁的《十字报》记者来访，他戴着眼镜，除了老问题，又提了几个新问题："你们那个年代的订婚方式，现在还存在吗？""您认为哪一种比较好？"我说："现在老式的父母之命的订婚方式已经没有了，以我而言，我的五个孩子的婚姻都是他们自己做主，我从未过问。当然以现在的方式为佳，世界文明在进步嘛！不过，在网上谈论婚姻大事，固然快捷，但也不妨征求一下父母的看法，毕竟父母冷静而客观，这样的婚姻才稳妥些。"这位老记者又问我身旁的希曾："您认为自己的婚姻与父母的婚姻有什么不同点吗？"希曾也谈了自己的看法。老记者走后，我们休息了一会儿，已近十二点了。安带着社里的一位负责"公关"的女士，年约三十岁，名叫依兰姆。来到我们住处约我们和杜方绥一起到附近一家餐厅午餐。我吃是两条小烤鱼，咖啡，热的红茶，自己加糖，他们各自点菜，喝葡萄酒。饭后回房休息。

下午三时，安来了，接我们到她所在的瑟伊出版社——据说是法国五大出版社之一。到了一所高楼大厦，该社占有一层楼面。我们上楼，见到了社长和各科室的工作人员，他（她）们都各自在电脑前忙于自己的工作。走廊上陈列着二十余本新书，墙上陈列着各国作家的照片，莫言的照片也在其中。我们在一间会议室和社里的编辑们见面，此时，尚多礼先生也来了。我拿出漫画原稿，向大家简要地介绍了写作《平如美棠》的过程。参加见面会的编辑们都手拿着一本法文版《平如美棠》，让我签名留念。然后，我们走到安的编辑室里，房间不大，墙边架上满是书籍。安的桌椅都不宽大，安捧来五本《平如美棠》，这是社里的，我也签了名。房中还有另一张桌子，桌旁的女郎正忙于弄电脑……我们出来和社长及其他编辑合影。出来后，已是晚饭时间。尚多礼先生请我们到另一家餐馆，他们仍是葡萄酒，我喝茶，又替我点了一盘三文鱼，这回是熟的，倒可以吃。尚多礼还介绍一样好菜，说是用大葱烧的，如何如何可口，于是大家都来一份。不料端上来的，是每人一缸用奶酪烧的，加上其他像肉丁似的东西的一种羹，他们法国朋友一匙一匙地往嘴里送，看起来味道妙不可言。可是我一尝之下，实在难以下咽，奶酪据说营养价值极高，但其味道对我来说，很不适应。在此情况下，我为了维持礼貌和尊重主人起见，也只好克服困难，勉强灌入腹中，大约吃了四分之三，方才停止，说饱了，未露出破绽。

　　晚八时，返回酒店，安和尚多礼先生每次都随同我们步行回酒店，进入客厅，并且送我们进入电梯，才挥手道别。他们是非常讲究礼貌的。

小猫当家

2006年夏季的一天，美棠、舒舒和我三人正在房里开着电风扇看电视，其乐融融。不料，阿咪忽经窜了进来，奔向电扇，踩到了底座上"停止"的按钮，凉风顿时停息。虽然大煞风景，但亦觉新奇有趣，故作此漫画以记之。

一月二十五日（周三）晴。八时起，八时半至餐室早餐，仍吃昨日同样的食物，这样我可以习惯些。杜方绥至，他说上午无事，酒店不远处有一个"伟人墓园"，不妨去看看。我们三人信步来至墓园，街上空气稍冷，但却清新。进入墓园，门边有一小屋，是管理人所住。这个墓园有一个足球场那么大，据称有二百年历史。园中之墓多为石砌的、小屋似的，有小门，还有锁，墓之顶部也有装饰，有的是天使石像，有的装个十字架，墓群之间也有过道，犹如邻居相处一样，也有近代平板式的，其上刻有亡者的生卒年月……绕场一周之后，我们回到酒店。休息未久，十时，下楼遇伊兰姆，她说，已联系了两个媒体要来。十时半，在59号杜方绥室中会见了某读书杂志的年轻人，他络腮胡子，三十余岁，见面后也不过谈些老问题。十一时三十分，据说是法国外语频道记者，四十余岁。在谈到我和美棠的初识时，她问我是否可吹奏一段口琴。此琴我早有准备，在室中吹了一曲《花好月圆》，她录了音，满意地走了。

午饭后，安和伊兰姆加上我和希曾四人，驱车到法国广播电视大厦。该处是圆形建筑，中间是办公处，四周都是一间一间的演播室。这次杜方绥没有参加，因杜擅长的是汉语笔译和一般普通的口译。在广播电视台需要同声口译，故请了一位中国年轻女士，姓陈的，她学的是专业口译。我们先到一家电台，一进门，里面有两间，前面一间为机组人员在调弄着各种仪器，安和希曾都停留在此，但隔着玻璃也可看见听见里面的一切。只有我和那位陈小姐方可进入里面。里面放了一张方桌，他们给我倒了一杯水。那位女主持人年约三十岁，似乎是资深之辈，之见她口中不停地叽叽呱呱，两手东指西指，众人皆听她指挥。最后尘埃落定，鸦雀无声。她指挥着，叫陈小姐坐于她与我的中间（本来陈坐于我的左首）。最后，她数着："五、四、三、二、一，开始！"于是，她开始向我发问了。我听力本来有些下降，先嘱咐陈的声音不妨大一些。幸亏陈的北京话标准，加上口齿清晰，于是我才能对答如流，因为问的无非是美棠和我有关恋爱及婚姻的问题，我已耳熟能详，所以倒也得以顺利过关。最后，她要我吹奏口琴，我老调重弹，仍吹《花好月圆》何难之有？吹毕时间已到，圆满结束，因他们电台规定有时间限制。录毕出来，又来到另一间。先在休息室里稍候。我座位旁见到一位年约五十余岁的老妇人，衣着穿戴整齐，她一开口，使我大吃一惊。一般而论，外国人学中国话，四声很难说得准，而这位妇人一口普通话，比我这个说南腔北调的中国人要标准得多。我自行惭愧，问她："是不是中国人？"她说："不是，我是法国人。"原来她是请来的嘉宾。不一会，进入演播室。室内一张长方桌，墙上有"France inter"字样，主持人非常时尚，是位金发女郎，戴着墨镜。她左方是那位汉语很好的女嘉宾，右方是小陈和我。希曾等人在另一间仪器室可看见我们的一举一动。这一次，演播的方式与上一场有所不同。主持人问我一个问题。经小陈口译后，我即回答。然后，主持人就和那位女嘉宾叽叽呱呱互相讨论着，似乎在议论什么，讨论完，主持人又问第二个问题，我回答之后，她俩又开始讨论……问的内容当然还是美棠和我的故事，我估计她们是在把我俩的故事和法国的青年恋爱婚姻情况作对比或评论，是耶？非耶？我仅是猜猜而已，到了最后，主持人向我说："你能唱《魂断蓝桥》这首歌吗？"我说："能。"这首歌本是 F 调，我为了不走音，故意放低了两个调，而且平心静气，用低沉的声调唱完全曲。好，时间到，我们大家走到门外，在过道处合影留念。我在电台中，抱的是"不求有功，但求无过"的方针，我只希望不要出纰漏就行。归来时我在车中问希曾："可以及格吗？"希曾说："可打 80 分。"一闻此言，也就放心了。此时，大约是下午三点多，车子直奔凤凰书店。一进店门，就看见右侧已有读者四十余人已坐好位置在等候。台上有两张椅子，一张小桌。上台后，我赶紧向观众深深鞠了一躬，表示歉意。因为我迟到了。杜方绥坐在我右首，店长名王琳，浙江人，非常热情，她立在右首，先为我作介绍。观众中有法国人，多数为老年人，华人则多为年轻女孩子。我讲的仍是老故事，观众所提的也多是老问题。但也有新鲜的，如有一位华人男青年问："我父亲是个导演，想把此故事拍成电影，您看男女主角由何人担当最为合适？"我只能回答："拍成电影我没有意见，至于男女主角问题，我看最好让导演来决定吧。"又有人问："您妈妈平时是如何教育您的？"我看此人是个华人女青年，像她这样年龄的尚有十多个，估计总不外是来法国求学或工作的，我想何不讲一点中华传统文化给她们呢？于是，我就说："我妈妈会作诗、写字，还会教我吟唐诗《枫桥夜泊》……"杜方绥听到这里忙说："这句话我没办法翻译，什么叫'吟'？"我解释："从前的中国文人欣赏古典诗词不是用'朗诵'的方法，而是用'吟'的方法，因为古典诗词是韵文，要传它'音乐化'，'吟'就能使诗词除了产生文学之美，还能产生音韵之美。"于是，我就吟了这首诗。吟毕，大家鼓掌——我相信大多数人只在书本上看见有"吟诗作赋"这个词，但是怎么去"吟"，恐怕很少人听见过。

提问毕，开始签名，我发现，很多法国读者要求我写他（她）的中国名字，如雷塘、司墨、杰奎林、百纳德、福舍、福盈……这些名字多是他（她）们法文名字的谐音。我猜想这些读者一定对汉语有兴趣，有的或者正在学汉语……结束后，有的读者与我合影。店长更是热心，带丈夫和九个月的孩子来合影，还把店中的《平如美棠》的宣传广告从镜框上拿下来送我作为纪念，还说返国探亲时会抽空来上海探望我……

此时，尚多礼先生也来了，晚餐又找另一餐馆，餐后仍送我们回酒店，之后他们才离去。

一月二十六日（周四），晴。七时起，八时下楼早餐，并整理行李，准备离开酒店。十时，安和杜以及我们四人离开酒店，乘出租车往火车站，等候约一小时，火车才到。这火车形式很古老，有上下两层，外面漆着美丽的图案，里面座椅尚宽敞，椅子外面是绿色的丝绒。安很细心，她准备好几包点心作为干粮，每人一包，因座位分散——后来旅客有中途下车者，我们又坐在一起了。车行约四小时，到达安古兰市（其实是一个小镇）。一下火车，出站，是一片广场，只见对面已准备好几部车子，原来，展览会那边已有人来接。他们给我们每人发一个纸袋，袋外贴各人的姓名，内装着一些有关展览会的资料如文字说明及一些漫画图像等。一刻钟左右，就到了山下。原来安古兰是建造在一座小山上的古镇。但从山脚一直到山顶，除了少数绿化地带，都是沥青或水泥铺成的道路，蜿蜒而上，到了近处，活动栏杆到处皆是，穿着黑衣警服的男女警察过来查询，此乃加强防暴措施。到了一所大型宾馆门口（即展览中心），又有一群防暴警察查询，当我们快到达大厅之前，便由好几个男女警察用一种长形的仪器在我们身前身后各处照着，然后放行。大厅之前尚设有一个小台面，发放"作者证"及"来宾证"（我的证上印 AUTEUR，希曾的证为"VISITOR"，我依英文的思路猜想）。领了证，方得进入大厅。安领我们上楼，在柜台处，安为我们大家办理入住手续。我在此时，只见来来往往都是些奇装异服或发型怪异的中老年朋友，他们皆是国际上有名的漫画家也。墙上也张贴着一些大型图片：画的是喷火的怪兽，海盗式的船只，但上面是鸟而不是人……总而言之，奇形怪状，五花八门，其中可能是某些神话故事，也有些可能是这些漫画大师们脑海中的幻想，普通人看不懂。我正在目不暇接地观察，安已把手续办毕：我和希曾住在 1 楼 104 室，安住在隔壁，杜住在112 室。这个宾馆所用的也是小型电梯，而且据说还是老式的。

我住的 104 室很不错，有卧室、卫生间及浴室，还有一间会客室。隔了个把小时，杜方绥来我处，说："有位 inter 电台的记者来访了。"果然，我见一位头戴红色帽子，衣着华丽，年约五十岁的老妇人来了，我们坐在沙发上交谈，杜坐在对面椅子上。她只问了几个普通的问题，不到十分钟就离开了，过了一会儿，Telerama 杂志记者来访，问的也是老问题，极易回答，大约一刻钟，也走了。五时许，《巴黎晚报》的记者来访，所谈的也是关于《平如美棠》一书如何动笔，画了多少时间，有无写作计划或大纲等问题。我回答后，照例，我请他签个名，留个纪念，他满口答应，握着笔，一面长叹一口气，说："唉！现在讲究签名艺术的人已经太少太少了啊！"看起来，现在的法国青年也是只喜欢用键盘代替书写，故而他有此感叹。签毕，他还另外写了一行字。走了。我请杜方绥翻译一下，写的是："给最真诚的中国作家表示友好。"八时，下楼到餐厅，倒也宽大，罕见的是，摆的是中国式的圆台面，其上铺着淡红色台布，并有餐具齐全，四周有座椅，好像到了国内。约有六七桌，俱空无一人。隔壁一间小得多，有沙发及椅子，看来是休息室，有十来个国际朋友或坐或立，正在聊天。猜想他们早已吃过了。我们四人择一近门之桌坐下，清谈了一阵，服务员送来菜单，安点了各人的菜。我要的是汉堡和薯条，咖啡一杯。九时，回房休息。

一月二十七日（周五），晴。今天是我国农历除夕。六时起床，早饭后，八时许，来到安古兰市的"剧场"，入门处好似来到窑洞，四周漆成白色。这时，有两组电视台采访，杜和我坐在椅子上，对面即作者主持人，都是女的，问的都是老题目，极简单，不到十分钟即宣告结束。在窑洞里，左首转一个弯，便到了所谓"剧场"，高度一般，能容一百人左右。我怀着疑虑，这恐怕是个大山洞，窑洞即洞口，人工依势修建而成的吧。进入"剧场"，与观众见面（观众席呈阶梯形，约有四五十人）。低矮的台上置有一个长沙发，前面放着一个小台子。主持人男性，年约四十岁，性格很活泼，说话时不断地做着手势。杜方绥坐在我的左方做翻译。主持人先问了一些有关《平如美棠》书上的问题，然后他又问我："您对法国的文学艺术有什么看法？"我回答说："我不是从事文艺工作的人，所以对这方面知之甚少。但我在少年时代，读过莫泊桑写的《项圈》(*Necklace*)，也读过都德写的《最后一课》(*The Last Lesson*)，知道法国人很重视家庭感情，热爱祖国，热爱自己国家的文字。我还会唱《马赛曲》……"他听到这里，便问："是学校里教的吗？""不是学校里教的，是我自己学的。"我答。（注：在抗战期间，我十六岁那年读初三，喜欢唱热烈雄壮的歌曲。同班中有位爱好音乐、姓朱的同学，从他哥哥那里抄来《马赛曲》，它是国际上著名的军歌之一。《马赛曲》鼓舞着法国革命人民取得胜利，而且成为法国国歌。）我就随口唱出其中两句。

他一听，大为惊喜，因为他根本就没有想到过，我这个来自中国、九十五岁的老头儿，居然会唱他们的国歌。出于职业上的灵感，他立即想到利用这一段来作为此节目的 climax（高潮），于是，他就说："我们两个人一齐来合唱这首歌曲来作为结束，好吗？"我说："好！"于是我们合唱《马赛曲》。

合唱毕，全体观众起立，鼓掌……会场上的气氛非常热烈。

在我们交谈时，我们身后的大屏幕不断地放幻灯片似的显示着我的漫画。主持人兴奋地说："这个节目播出后一定会得到观众的喜欢！"原来他们是在录制一段电视节目。

我和男女二位主持人交换名片，请他俩签字，也合了影（女的未上台）。男主持人名叫克里斯托夫·奥若迪比奥，女主持人名叫阿勒克桑德拉·乐西尔。后来据说有许多观众想要与我合影并索取签名，由于主办方考虑，恐怕影响我的休息和健康，均一一予以婉辞了。

之后，我们走出所住的宾馆，信步来到附近的"书市"。这是临时搭建的地方。只见许多大小不一的书摊子，都在卖书——主要卖漫画书。有的书陈列在摊子上，有的悬挂着，五彩缤纷，鲜艳夺目。有些漫画家就坐在里面为自己的书签名。我们走到一个摊位，摊主是个女士。她的摊子出售法文版的《平如美棠》，摊前已有二十余人排队。杜方绥和我挤入摊内，各坐一只小圆凳。我开始签名。排队的有法国人，也有华人。有的要我写"给儿子"，有的要我写"给女儿",有的要写法文名字,这时就由杜方绥代笔,因他看得清,写得快,有一位中年华人买了三本,另有一位华人女士对我说:"我们是从'团结岛'来的!"我连声道谢,但我并不知道"团结岛"究竟在法国何处,又忘了问杜方绥,至今还是个谜。

走出"书市",我们乘出租车至火车站,乘火车返回巴黎。晚餐后,我们来到一家法国人开的书店举行读者见面会。店主是个瘦高个子,身穿花格子上衣,表现甚是热情。读者全是法国中老年人,女性较多,约二三十人。安、杜和我坐在一个桌子面前,希曾则来往走动,担任拍照之责。店主先做了介绍工作,然后读者提问,多半是老问题。当有人问我怎样学画图时,我作了较详细的答复。

我说以前学的是丰子恺先生的画,因为他的画使用毛笔,画面虽简单数笔,但却内有诗意,有丰富的内涵。近来,我又在学桑贝先生的画(注:桑贝是法国当代著名漫画家),因为他的画都是具有时代气息,而且能以简单的笔触表达出复杂的事物。我曾买了四本他的画册……说话时我未在意,不料签名时,店主忽然拿了一本法文版《平如美棠》,说:"请您写'送给桑贝先生',再签个名,我认得他,给他送去,他一定会很高兴的。"我照办了。果然,不久店主就拎着一个纸袋子给我,里面有两本画册,是桑贝先生回赠给我的;一本是《一点巴黎》的袖珍本;另一本是他的新作:《桑贝在纽约》——这是意外的收获!

　　还有一件事令我印象深刻，我对法国读者说："根据中国的传统文化，最理想、最成功、最美满的婚姻是'白头到老'。我们对一对年轻新婚夫妇的祝词，最常用的就是这句话。我国有一种鸟，头顶上生着一撮白色的毛，称为'白头翁'。为了增加吉祥的气氛，我们还要把两只白头翁画上去……"到了排队签名时，有位法国老太太就对我说："您给我画上两只白头翁好吗？"我欣然同意，就在她的书的扉页上画了一对白头翁站在树上，并题"白头到老"四个字，然后签名。她非常高兴，连声道谢。像她这样要求画白头翁的有五六位，其中，安的女儿也来了，也要我画。我由此感悟到，所谓"浪漫"，那只是年轻人的事，人到老年，在经过成熟、沧桑、见识、自由（指时间）等阶段之后，还是希望夫妻二人相守到白头，安静地享受晚年幸福，这是人类的天性……结束了这次会面，已经很晚，但我很觉得高兴，和法国朋友作了一次文化交流，我今年的"除夕"虽然不在家里过，但在异国他乡也过得颇有意义。

　　一月二十八日（周六），晴。农历初一。我们的访谈计划也都做完了，该休息一天了。上午，安邀请我们去游览塞纳河。游艇相当大，约有五十米长，宽约二十米，游客的座位都固定在甲板上。游艇有两层。上周便于四周拍照，但风大，怕冷的可坐在下层，有玻璃窗，也可看见两岸风景。巴黎圣母院即在一个"小岛"

上，绕岛一周即告结束。沿途桥梁甚多，有播音随时介绍某处某处的历史故事。在游艇上如履平地，稳妥已极，五六岁的男女孩童在甲板上奔跑嬉戏。游客们不必穿着那"救生"用的黄色马甲，随意上下船。巴黎铁塔，只是在近处看看，并未上去。然后游卢浮宫，广场上游人不少，但谈不上拥挤。之后，安请我们到卢浮宫里面的餐厅午餐。厅内设置高雅，侍者都服饰整齐，彬彬有礼。我点了一条鱼，他们还买了红葡萄酒一瓶，据说相当不错，我本来不喝酒，可在此时，也倒了一点点尝尝，否则岂非虚此一行？此地的大米饭也好吃，据说是印度大米，呈细长条形，味道糯而带点香味。卢浮宫里面未进去，听说有许多"陈列馆"，要详细看恐怕一个星期也看不完。出卢浮宫又呼出租车到国会大厦去看看，外面也有游人，但未见哨岗及警察。我们又步行至巴黎小街（老市区），见其结构和上海的九江路、江西路等差不多，只是房屋多保持传统结构，多为砖石柱子，里面店铺则是现代化的。街上咖啡茶座甚多，鸽子不少，它们吃得很胖，也不怕人。我们走到一处，说是离安的家很近，她邀我们去坐坐。我们叫出租车到安的家门口，是一所颇清静的公寓楼，有电梯上去，不记得是几楼。一进安的家，房间约三四十平方，靠墙置沙发，小方桌，当中则有一长方饭桌，有六把椅子。墙角有一矮小木柜，其上供着一张照片：安在年轻时与其丈夫及一子一女的合影（子女约七八岁）。安的丈夫是个日本人，画家，墙上有他的照片，初看，我以为他

生平喜玩猫，抚其夫与额，
猫咪示好感，露出牙与舌。
大猫能懂事，轻咬不觉得，
小猫无轻重，往往动真格。
闪手不及时，鲜血嗒嗒滴，
打猫难下手，它是小动物，
你说能怪谁，自己讨苦吃。
紧急采措施，三用创可贴，
哑巴吃黄连，此苦真难说！

二〇一〇年九月十日
平如第三次被小猫
咬伤手指后
题 平

在撒渔网，因为有许多绳子。希曾说，那是降落伞。安的丈夫去
世已二十多年，看来也许是因跳伞出了事故亦未可知。房中四边
都是书架，堆满了书。安领我们再上一层楼，有一间房间还铺了
床，房门口也有一张供桌，其照片是安的儿子的像，安说是她丈
夫画的，还有一张为钢笔风景画，也是安的丈夫的作品，画得相
当有水平。又上楼，则是安女儿的房间了。墙壁上、楼梯边都是书，
很雅洁，但我觉得也颇凄凉。回到楼下会客处，安为我们泡了热茶，

拿出饼干，墙上有一幅水彩画——两个梨子。安说是她父亲画的。
安又说，她丈夫是个很和善的人。我猜可能她看到我书中有抗日
战争的一段情节，恐怕我对日本人另有看法。我说那时都是日本
政府不好，日本人民还是好的。我虽未去过日本，可是我的儿媳
妇们去过，她们都说日本人民很有礼貌，对来客都非常客气……
我们出来，信步又到了一个"二手货"市场。两边搭帐篷，中间
有过道。帐篷里卖着各种旧货:水彩画、油画、钟表、家具、首饰、

书籍、电器、服装、乐器……我想带点纪念品回去，花了七欧元，买了一个放大镜。

晚上，最后一天，安请我们到巴黎一家百年老店的著名餐厅吃晚餐。该酒店保持十九世纪的风格，墙上漆着紫红色，并有雕花图案，地毯，天花板和墙壁上均有淡淡的灯光，那是电灯。每张餐桌上，放着一根粗大的、白色的蜡烛在闪光，优雅而柔和，客人几乎满座。服务员个个穿着黑色西装，白衬衫，打领结，女的很年轻，穿着黑短裙，黑长袜，走起路来飞快，皮鞋在地板上咯咯咯地作响，腰身挺直，精神振作。我们一去，她们会接过大衣，替我们放到别处去。这天也点了葡萄酒，不过我不再喝，我只喝热茶。所烧的菜似乎调味较浓，我仍是吃鱼……九时许返回旅馆。

一月二十九日（周日），晴。六时起，整理行装。中午，安请我们去一家特色饭店，这是法国西南部半岛上（忘其名）居民所做的煎饼，食材用的是荞麦，烤制有秘方，做成煎饼很薄，呈方形，微黄而不焦，另外供应各种馅子，随你挑选，甜咸均有，加辣亦可。我拣了一种肉和菜的馅子，包起来就可吃，再来一杯热咖啡，当早餐极为适宜，作为快餐亦未尝不可。回到酒店，晚上就要启程回国（东航飞机，下午七时三十五分起飞）。在房中休息，回忆此行究竟学到了什么？学到四句法语："您好"叫"帮祖"（据说还有一种叫法，但只限于亲密之人使用，一般人不宜用），

"再见"叫"阿屋瓦"。英语的"Yes",法语叫"唯",英语的"No"法语叫"诺"。我们所住的酒店"Aiglon"我问过杜方绥,此是何意? 如何发音? 他说发音是"eigon"(注:不清楚如何拼写),乃"雏鹰"之意。

三点三刻我和希曾下楼,安和杜已在楼下等候。安办完退房手续。我们一齐登上出租车,直赴戴高乐机场。他们随我们进入大厅。杜还替我弄了一杯热咖啡。之后,我们去托运行李,已有许多人在排队,安跑到窗口,叽叽呱呱和窗口女郎谈了一阵,我就不用排队了,第一个去托运。手续办好,他们送我们到安检处,然后互相挥手告别。他们确实很热情。

进入候机处,我们在L22登机处休息。趁此机会,希曾想买点小物品分赠各家小孩。在一家商店遇一位华人妇女店员,上去交谈,由她介绍,买了六筒巧克力糖,又换了一些硬币,一元的,五角的、一角的、五分的,都有。她倒也不嫌其烦,从钱柜里掏出一把硬币,一个一个放在柜台上数着,然后取一袋子装起来。希曾带回去是准备做收藏之用。七时三十五分登机,里面又有一个检查站,一位女检查员看见了我,忽然把我手中的机票取去,换了一张机票给我。我起初还莫名其妙,进了商务舱我才明白:我以前的机舱号码是A15,现在乘务员领我入座的是第1号座位,最佳的座位也,右下是舷窗,右上有一小平板,可放茶杯等小物品,周围都较宽舒,乘务员替我放低靠背,一会儿又送来热毛巾和温开水……我对东航尊老的人性化服务深为赞许。晚饭后，我把脚伸直，用小白棉被盖着身体，倒也依稀睡去。希曾说他曾来看过我几次，见我都在酣睡呢。

一月三十日（周一），晴，农历初三。醒来时，乘务员送来热毛巾揩脸。早餐吃粥。中饭供应是鱼、米饭。下午二时三十分到达浦东机场，平安顺利地回来了。由次孙超超驾车，回到航华老家。下午五时晚饭。回来一切觉得舒适，睡在自己的老床上，钻入旧被窝，顿觉十分痛快，万分满意。俗话说："金窝银窝，不如自己的草窝。"此言不假也。

完

二〇一七年二月二十日写毕

誰是幸运者?

Who is the Lucky fellow?

（图画在後面！）‼️ ⟶

我畫此圖的 inspiration 從何而来？

二○○四年春節
正月初十日夜本
廬品之創始人阿
負責主廚房下
水餃適阿咪坐
於地上靠得其
她用右手摸

弄阿咪之頭阿
咪乃舔她之手于
是阿咪的口水（貓
涎）便到她手上，她
剛手再合拿水餃
二下鍋。我即在
此時得到了靈
感已，畫出此
圖也。

題
二○○九年歲次己丑
九月六日甲申補

春节期间隆重推出 猫涎水饺

传利产品

严防假冒！此乃名牌产品

专利号码：〇〇一号

创造人肖像

人物原型是我的大孙女名叫舒舒时年十八岁。

制作工序：

① 以右手食指及中指在猫口中接取猫之唾液

给自己的悼词

（注：此悼词全文共 668 个字，以平常语速来念，费时 3 分钟 25 秒。）

　　一个人离开了人世，总得开个追悼会。我觉得我的追悼会开得越简单越好，免得占用别人太多时间。目前，我的墓地、墓碑、遗像、挽联都已齐备，至于悼词也自己来动笔，不必别人代庖。此悼词由家属来念，费时三分半钟足矣。

饶平如
2017 年 7 月 5 日

　　父亲饶平如，字兆扬，江西省南城县人，生于一九二二年，不幸于某年某月某日因病医治无效去世，享年××岁。

　　他十八岁读高中二年级，这时正是日本帝国主义发动侵华战争的第三年。当时我国大半壁山河已经沦入日寇铁蹄之下，我中华民族的存亡已到最后关头。他毅然投笔从戎，考入黄埔军校 18 期。当时军校的本校在四川成都。一九四三年二月他毕业于炮兵科，分配到第 100 军山炮营当排长。他参加过常德、衡阳的外围战役以及湘西雪峰山的大会战。一九四五年胜利后，他和母亲毛美棠订婚。不久，内战爆发，他不愿意参加中国人打中国人的内战，于一九四八年七月请婚假而离开了部队，是年八月和母亲毛美棠结婚。

一九五一年他来到上海，在他舅父杨元吉医师创办的私营大德医院当会计，又在大德出版社出版的《妇婴卫生》月刊担任美术编辑和文字编辑。一九五六年公私合营成立上海卫生出版社，父亲在期刊科仍担任《大众医学》和《妇婴卫生》的编辑工作。一九五八年上海卫生出版社并入上海科技出版社，九月，他被送到安徽劳动教养。一九六〇年一月他被解除劳动教养，成为"就业人员"，留在安徽工作。一九七六年"四人帮"倒台后，他申请上级有关单位请求复查。一九八〇年十二月上海市公安局撤销对他的劳动教养，回到原单位上海科技出版社，在《医百》编辑室负责编排索引。一九八三年成立了上海市黄埔军校同学会，他在该会担任宣教委员。一九九二年母亲生病，他辞去所有工作，在家照顾母亲。二〇〇八年母亲病故，他写了一本名叫《平如美棠：我俩的故事》的书。此书于二〇一三年出版，二〇一四年被评为"中国最美的书"，二〇一五年获得第五届"中华优秀出版物"奖。

父亲为人生活简朴，待人和气谦恭。平时教诲我们子女，要奉公守法，要服务社会，做一个好人。

亲爱的爸爸，永别了！您放心，我们会照您的话去做的！您在天上安息吧！

您的儿女辈及孙辈

敬上

附 录

我生命中的那些人

两个女孩在饭店里的精彩大辩论

父亲 饶孝谦
　攝于 1948年
　时年61岁

母亲 杨元珈
　攝于 1932年12月22日
　时年 37 岁

大哥(中):饶兆梧,字慕如,肄
　业于天津南开大学,后改攻
　法律,曾任江西峡江县地方法
　院推事。

大嫂(右):黄瑛华
大姐(左):饶舜华,字永如。
　　(1960年攝)

庆曾(大侄) 母亲 平如 寿如(三弟)

13岁 46岁 17岁 14岁

摄于1939年

寿如　　母亲　　平如
15岁　　47岁　　18岁

　　1940年8月我投考黄埔
军校18期1总队，9月份即将离
家去上饶报到，母亲提议我们
母子三人合影留念吧。这是母亲
和我最后的一张合影。
　　1940年8月摄于江西南城。
（此信原照）

大姐夫朱文杰,曾任江西会昌筠门岭盐务局会计。
（1953年摄）

大姐：饶舜华
（1968年摄）

三弟(右)：饶兆拾,字寿如。
江西鄱阳县电信局职工。

弟媳(左)：崔丽玲
（1948年摄）

二姐 饶月华（定如）
17岁

二姐夫 罗锐明
摄于上世纪
80年代

定姐　　　姐夫

二姐、二姐夫全家合影
摄于2000年

先父毛忠翔十五岁丧父，他即接替"毛福春中药店"继续经营。他待人真诚，为人慷慨，甚为同行所敬重。他不但撑住了这份家业，而且还"蒸蒸日上"更上一层楼，在汉口所办的"长胜钱庄"兼做中药后，他渡来又在南城置有田地房屋，可算得子孙满。（如算千之美）南城当属有田地房屋上世纪三四十年代是他的最盛时期。一九三七年日军侵华战争开始，他率全家避居汉口时，他宁决不上股伪奸商做生意。关门坐吃，已达八年之久，经济受到很大影响。此照片系上眼阳女儿所摄。约50年。岁。

先母李元香，江西临川人，出身于中医世家，为人忠厚、善于家务。曾生育过六七个子女、惜先后夭折，只剩下玉棠（哑吧）及美棠两个女儿。此照是在上海时年约70岁。

人生如逆旅

我亦是行人

在塞纳河的
大型游览船,观
看两岸的景色

右:杜方缓
左:平如

（2016 年）

快到山顶了。我
找到当年抗日战
友们牺牲的地
方，65年前的旧
事，依然铭记在
脑海里。
　我为烈士们默
哀。

当年我们一同
在这个地方打日
本鬼子，你们倒
下了，我却幸存
了，……
　这一束鲜花，
代表着老战友
向你们崇高的
敬意！

重访大山岭（2010年）

趣之，铭之带着玩具拍照

天热难耐，大家"打赤膊"

上世纪 90 年代

上：摄于上世纪60年代
下：摄于上世纪70年代

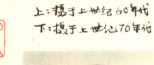

1956年成立上海卫生出版社全
体集体游杭州。

←自左至右，我是第4个（戴
眼镜者）

↓ 我也看不清了，大概在中间想
柱左边，而孔祥老师好象
在（？）所连。他就是数年求
关关怀的父亲。

←每逢拍照，我总是礼让为先，让
别人占好位置，我则退缩在后边躲
在天下图先让。
此照片上的我，在左起后排第7名。
（即左字白色衣服者的右后方。

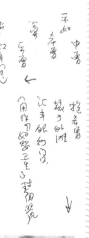

我的军校毕业照片
一九四三年二月 摄于四川成都

18期1总队于1943年2月毕业。就在毕业之前的两个月，我接到大哥的来信，得知母亲已于1942年的秋季逝世。噩耗传来，我不胜悲痛，决心发誓要回家一趟，祭奠母亲，以了平生之愿；以后再上战场杀敌，死亦无憾矣。

11总毕业前，各个部队都有需要毕业生的要求，汇总在一本"志愿报名册"中。别人都选择装备较优的部队，我只选择在江西的部队，结果选择100军，它驻在江西丰城。

按计划，我先回故乡南城，逗留半月，其间我同三弟兆拣（青如）到母亲的坟 在洙源山中，位于祖父墓之左侧。我们祭拜后，我即到100军报到，此时它已在湖南浏阳。 上方。坟墓 城西

附记：祖父及母亲之墓在1958年间因于兴建水库，已不复存在。我于2009年在南昌重建了父母的合葬墓。

14岁

1936年我小学
毕业。学校给
学生拍毕业照。
在校内礼堂挂了一
块深蓝色的布幕，
幕前置一凳，学生
依次坐在凳上，请
外面的照相师拍
摄单人照。

12岁
（1934年拍摄）

中國文化的最高理想人物，是一个对人生有一种建于明慧悟性上的达观者。这种达观产生宽宏的怀抱，能使人带着温和的讥评心理度过一生，丢开功名利禄，乐天知命地过生活。这种达观也产生了自由意识，放荡不羁的爱好，傲骨和漠然的态度。一个人有了这种自由的意识及淡漠的态度，才能深切热烈地享受快乐的人生。

——林语堂

二〇二一年岁次辛卯三月饶平如书

图书在版编目（CIP）数据

平生记 / 饶平如著. —桂林：广西师范大学出版社，
2021.9（2022.3 重印）
ISBN 978—7—5598—3821—6

Ⅰ.①平… Ⅱ.①饶… Ⅲ.①传记文学 – 中国 – 当代
Ⅳ.①I25

中国版本图书馆 CIP 数据核字（2021）第 093769 号

平生记
PING SHENG JI

出 品 人：刘广汉
特约编辑：饶青欣
责任编辑：刘　玮
助理编辑：陶阿晴
装帧设计：朱嬴椿　小　羊

广西师范大学出版社出版发行

（ 广西桂林市五里店路 9 号　　　　邮政编码：541001 ）
网址：http://www.bbtpress.com

出版人：黄轩庄
全国新华书店经销
销售热线：021-65200318　021-31260822-898
上海丽佳制版印刷有限公司印刷
（上海市桂平路 471 号 10 号楼 3 层　邮政编码：200233 ）
开本：787mm×1 168mm　1/32
印张：12.5　　　　　　字数：225 千字
2021 年 9 月第 1 版　　2022 年 3 月第 2 次印刷
定价：79.00 元

如发现印装质量问题，影响阅读，请与出版社发行部门联系调换。